LIBERDADE CRÔNICA

101 crônicas sobre:
A mulher contemporânea • Livros, filmes, músicas etc.
Fé e equilíbrio • No divã • Sociedade

Livros da autora pela **L&PM** EDITORES:

Topless (1997) – Crônicas
Poesia reunida (1998) – Poesia
Trem-bala (1999) – Crônicas
Non-stop (2000) – Crônicas
Cartas extraviadas e outros poemas (2000) – Poesia
Montanha-russa (2003) – Crônicas
Coisas da vida (2005) – Crônicas
Doidas e santas (2008) – Crônicas
Feliz por nada (2011) – Crônicas
Noite em claro (2012) – Novela
Um lugar na janela (2012) – Crônicas de viagem
A graça da coisa (2013) – Crônicas
Martha Medeiros: 3 em 1 (2013) – Crônicas
Felicidade crônica (2014) – Crônicas
Liberdade crônica (2014) – Crônicas
Paixão crônica (2014) – Crônicas
Simples assim (2015) – Crônicas
Um lugar na janela 2 (2016) – Crônicas de viagem
Quem diria que viver ia dar nisso (2018) – Crônicas
Divã (2018) – Romance
Fora de mim (2018) – Romance

Martha Medeiros

LIBERDADE CRÔNICA

101 crônicas sobre:
A mulher contemporânea • Livros, filmes, músicas etc.
Fé e equilíbrio • No divã • Sociedade

11ª EDIÇÃO

Texto de acordo com a nova ortografia.

As crônicas deste volume foram anteriormente publicadas nos livros *Geração bivolt, Topless, Trem-bala, Non-stop, Montanha-russa, Coisas da vida, Doidas e santas, Feliz por nada* e *A graça da coisa.*

1ª edição: julho de 2014
11ª edição: maio de 2019

Capa: Marco Cena
Revisão: L&PM Editores

CIP-Brasil. Catalogação na fonte
Sindicato Nacional dos Editores de Livros, RJ

M44L

Medeiros, Martha, 1961-
 Liberdade crônica / Martha Medeiros. – 11. ed. – Porto Alegre, RS: L&PM, 2019.
 256 p. ; 21 cm.

 ISBN 978-85-254-3154-7

 1. Crônica brasileira. I. Título.

14-13871
CDD: 869.98
CDU: 821.134.3(81)-8

© Martha Medeiros, 2014

Todos os direitos desta edição reservados a L&PM Editores
Rua Comendador Coruja, 314, loja 9 – Floresta – 90.220-180
Porto Alegre – RS – Brasil / Fone: 51.3225.5777

Pedidos & Depto. Comercial: vendas@lpm.com.br
Fale conosco: info@lpm.com.br
www.lpm.com.br

Impresso no Brasil
Outono de 2019

Apresentação

No dia 8 de julho de 1994, um domingo, o jornal *Zero Hora*, de Porto Alegre, publicou meu primeiro texto, uma colaboração avulsa, única, sem vínculo. Naquele texto, lembro bem, eu comentava sobre as declarações de algumas atrizes famosas sobre seu desejo de casarem virgens, e a exploração que a mídia andava fazendo disso como uma tendência de comportamento, uma nova moda – vintage, por certo. Hoje penso: o que eu tinha a ver com o assunto? Nada, mas expressei minha opinião a respeito, e por terem chegado à redação algumas cartas elogiosas ao meu posicionamento e ao meu jeito de escrever o jornal me pediu outro texto para o domingo seguinte. E mais outro. E outros tantos. Sem nunca antes ter sido colunista (a não ser por algumas poucas crônicas publicadas na extinta revista *Wonderful*), vi de repente meu nome estampado no alto de uma página: havia conquistado um espaço fixo. Assim, no mais.

Naquela época, eu ainda fazia uns frilas como publicitária, atividade que havia exercido por mais de dez anos como redatora e diretora de criação. Não estava segura de que escrever em jornal fosse me dar o mesmo sustento, mas o que eu nem imaginava aconteceu: os leitores continuaram me acompanhando e fui convidada a escrever não apenas aos domingos, mas às quartas-feiras também.

Tomei gosto pela coisa, desisti de vez da publicidade (à qual sou grata, não foi um tempo desperdiçado) e passei a me dedicar exclusivamente ao meu *home office* – luxo dos luxos.

Animada pela reviravolta profissional da minha vida, passei a me testar em outros gêneros, como a ficção, e acabei lançando um romance chamado *Divã*, que levou meu nome para além das fronteiras do Rio Grande do Sul. Logo, o jornal *O Globo* me convidava para ser colunista também, e aí tudo ficou ainda mais sedimentado. Eu havia alcançado um sonho que nem sei se era meu, mas sei que ainda é o de muitos: viver de escrever.

O fato de tudo ter se dado assim, sem um planejamento prévio e definido, ajudou a formatar meu estilo. Por jamais ter tido o jornalismo como meta, me senti solta e descompromissada no exercício da nova função, o que colaborou para eu escrever textos livres de qualquer cobrança interna, com um frescor natural, sem a cilada de me levar demasiadamente a sério.

Mais adiante, já com algumas coletâneas publicadas e um nome a zelar, desconfio de que me tornei mais "responsável", mas nunca perdi o sentimento de que escrever é, antes de tudo, uma aventura e uma sorte – minhas ideias, tão longe de serem verdades absolutas, encontraram sintonia com as ideias dos leitores, permitindo que refletíssemos juntos sobre o mundo que está aí.

Lá se vão vinte anos, e revendo o que produzi nestas duas últimas décadas, fica evidente a minha inclinação em defender pontos de vista menos estressados, mais condescendentes com o que não temos controle, e também a minha busca por vias simplificadas a fim de não sobrecarregar o cotidiano. As capas das três antologias (*Paixão crônica, Felicidade crônica* e *Liberdade crônica*) traduzem esse espírito anárquico diante do que é tão caro a todos nós: justamente a paixão, a felicidade e a liberdade. Temas complexos, difíceis, mas que nem por isso precisam ser tratados com sisudez.

Portanto, depois de selecionar junto com a editora alguns dos textos mais representativos dessa longa experiência (ainda considero uma experiência), é com alegria que comemoro com você o resultado de um trabalho que me estimula a aliviar mais do que pesar e a rir mais do que lamentar – enfim, o resultado da minha insistência crônica em me posicionar a favor do vento.

Martha Medeiros

Sumário

A mulher contemporânea
Destruidoras de lares 15
Década de 70: a adolescência do feminismo 17
As boazinhas que me perdoem 21
O mulherão 23
Ainda sobre as mães 25
Maternidade ou não 27
Belíssimas 30
O que mais você quer? 32
Doidas e santas 34
Um namorado a essa altura? 37
Ai de nós, quem mandou? 39
Uma mulher entre parênteses 42
O que é ser mulher? 44

Livros, filmes, músicas etc.
Meryl Streep, chorai por nós 49
No divã com Woody Allen 52
Paulo Francis por aí 55
Picasso e a arte dos desiguais 58
Mil vezes Clarice 61
Não dançando conforme a música 63
Pedaços de mulher 66
O senso da raridade 68

A arte maior 70
Música x comida 72
Qualquer Caetano 74
Mitos 76
Janela da alma 79
Desejo e solidão 81
Homens e cães 83
Intimidade 85
Dar-se alta 87
Kafka e os estudos 90
Luz, câmera e outro tipo de ação 93
The Guitar Man 95
Vai, vai, vai... viver 98
Para que lado cai a bolinha 100
Laços 102
A janela dos outros 104
Show falado 106
Capturados 109
Don Mario 112
Autoajuda 114
Pulsantes 116

Fé e equilíbrio

Prometa não sofrer 121
Os segredos de Fátima 123
Mundo interior 125
Proteção à vida 127
Avec élégance 129
Espécies em extinção 131
Um deus que sorri 134

Coisa com coisa 136
Bruta flor do querer 138
Filosofia de para-choque 140
Maturidade 142
Obrigada por insistir 145
A tristeza permitida 148
A morte é uma piada 151
Parar de pensar 154
Oh, Lord! 156
O valor de uma humilhação 158
Em caso de despressurização 160
Matando a saudade em sonho 163
Aonde é que eu ia mesmo? 166
Quando Deus aparece 169
A nova minoria 171
Natal para ateus 174
Coragem 176
Prosopagnosia 178
Deus em promoção 181
Verdade interior 183
O Michelangelo de cada um 185

No divã

Recall 189
Mentiras consensuais 191
O grito 193
A idade da água quente 195
Melhorar para pior 197
Todo o resto 199
Fugir de casa 201

Prós e contras da ponderação..................................203
Os lúcidos..205
A morte por trás de tudo..207
A vida que pediu a Deus...209
Lembranças mal lembradas......................................211
O permanente e o provisório....................................214
Aristogatos...216
Terapia do joelhaço..218
Amputações..220
Medo de errar...222
Narrar-se..224

Sociedade

Meu candidato a presidente......................................229
O papel higiênico da empregada..............................231
Arrogância..233
Os honestos..235
Do tempo da vergonha...237
Não sorria, você está sendo filmado........................239
A turma do dããã...241
A fé de uns e de outros...244
Na terra do se...246
Depois se vê...248
Lúcifer no Fasano...250
Intoxicados pelo eu..252
O dono do livro..254

A mulher contemporânea

Destruidoras de lares

Uma mulher solteira transa com um homem casado. Rápido: quem está na contramão? Deveria ser ele, que tem um compromisso sério com alguém e que está traindo a confiança desta pessoa. Mas vão para ela todas as acusações. Ela é a piranha, a que deu em cima do marido da outra, a destruidora de lares.

Um homem solteiro transa com uma mulher casada. E agora, quem está errado? Deveria ser ela, que tem um compromisso sério com alguém e que está traindo a confiança desta pessoa. E é ela mesma, você acertou. O rapaz provavelmente foi seduzido, coitado. Ela é mais experiente, deve ter dado abertura, e o garoto resolveu aventurar-se, só isso. Ou alguém já ouviu falar em "destruidor de lares"?

As mulheres são sempre culpadas pela traição, não importa o lado em que estejam. Todos nós fomos treinados a pensar assim. Se amanhã vierem nos contar que fulana, casada, está tendo um caso com sicrano, também casado, o pecado vai ser só dela. Ela é que é a sem-vergonha, a que deixa os filhos no colégio e depois vai se encontrar com o outro no motel. Ele? Ah, homem é assim mesmo.

Nem os homens são todos iguais, nem as mulheres têm parentesco com Nossa Senhora. Infidelidades acontecem geralmente entre adultos, que devem dividir a responsabilidade do que fazem como quem divide a conta do restaurante. As mulheres já pagam sua metade, mas não têm por que ficar com a conta inteira do adultério.

Não se trata de defender aqui vidas duplas. Não defendo nem acuso o que acontece entre quatro paredes que não sejam as do meu próprio quarto. Mas acho estranho que ainda hoje a mulher concentre a culpa de tudo o que envolve sexo. Desde que Eva comeu a famosa maçã, é da mulher que vêm cobrar satisfações quando um casal se deita. Ainda que na maioria das vezes a mulher domine o jogo da sedução, abrindo o sinal para a cantada, não há por que tratar os homens como meros coadjuvantes de uma cena que envolve dois protagonistas.

Curiosamente, o estupro é o único ato sexual cuja culpa a sociedade divide entre o homem e a mulher. Uma saia mais curta ou uma maquiagem pesada podem ser consideradas corresponsáveis pela agressão. Sempre haverá um analfabeto para dizer "quem mandou ser tão gostosa", transformando a vítima em cúmplice.

Já nos atos sexuais consentidos, parece que somos todas devoradoras de homens, como se dependesse só da gente a consumação da relação. Pois bem. Agora que conquistamos o devido espaço no mercado de trabalho e nos direitos civis, está na hora de repartir o poder sexual. Seu marido tem outra? Ele não foi forçado. Seu filho namora uma mulher casada? Ele não foi hipnotizado por uma ninfomaníaca. As mulheres podem muito, mas não podem tanto. Os homens frequentam outras camas porque querem.

1995

Década de 70: a adolescência do feminismo

Em primeiro de janeiro de 1970 eu tinha oito anos de idade. Acreditava que vivia no melhor país do mundo, a ponto de pensar em pendurar o pôster do Médici na parede do quarto. Passava as tardes cantarolando *Eu te amo, meu Brasil* pelos corredores do colégio. Assisti emocionada ao final da Copa do México, Brasil 4 x 1 Itália, histeria nacional. Na época, se não me engano, a novela das oito era *Selva de Pedra*, com Regina Duarte e Francisco Cuoco vivendo um romance tórrido e impossível. Eu rezava todas as noites, antes de dormir, agradecendo a Deus por o mundo ser tão belo, as pessoas tão boas, o Brasil tão rico, minha família tão perfeita. Meu sonho era, assim que ficasse mocinha, casar com um príncipe encantado (virgem, naturalmente), ter meus próprios filhos e viver feliz para sempre, como mandam os contos de fada.

Em primeiro de janeiro de 1980 eu tinha 18 anos. Estava no primeiro ano da faculdade de Comunicação, namorava um colega que estava mais para Raul Seixas do que para príncipe, não perdia um único filme do Godard, tinha Sartre e Simone de Beauvoir na mesa de cabeceira e cantarolava *Caminhando e cantando...* pelos corredores da PUC. Na tevê, não queria saber das namoradinhas do Brasil, mas de um programa chamado *Ciranda, Cirandinha*, episódios semanais que narravam as aventuras de quatro jovens morando numa espécie de comunidade, um dos bons momentos da TV Globo. Passava os finais de semana no teatro e não conseguia tirar da cabeça *Trate-me leão*, peça que havia assistido três vezes e cujo texto sabia de cor. No guarda-roupa, só jeans, camiseta e tênis, meu uniforme tanto para assistir aos shows do Projeto Pixinguinha como para a noite de Natal. Colecionava uma revista chamada Pop e minha música preferida era *Beast of Burden*, dos Rolling Stones. Onde foi parar aquela garotinha meiga e ingênua de dez anos atrás? Babaus.

Enquanto os anos 70 representaram, para quem já era mulher feita, a consolidação das conquistas femininas rascunhadas nos anos 50/60, para mim, que era um projeto de gente, representaram o salto da infância para a adolescência, e custaram tanto a passar que reluto em acreditar que tenham sido só dez anos. A minha década de 70 durou um século.

Fui alienada como foram quase todas as garotas pré--revolução feminista: simplesmente adorava ser mulher. Achava um privilégio ter nascido no lado cor-de-rosa da vida, onde homens puxam a cadeira para você sentar, te protegem da vida dura lá fora e, suprassumo da mordomia, trabalham para te sustentar, enquanto tua única missão é dar-lhes um filho, lavar as panelas e manter as unhas limpas. Que nos importava a previsão do tempo se não botávamos o nariz para fora de casa? Nascer mulher, que barbada.

Quando os seios começaram a crescer, uma certa rebeldia também veio à tona. Me olhei no espelho, magrela e desajeitada, e pensei: ser homem é que é bom. Vive na rua, conhece um monte de gente, é dono do próprio dinheiro e não precisa dizer a que horas volta. Aliás, ai dele se voltar cedo. Quanto mais namoradas, melhor. Casar? "Vira essa boca pra lá, meu filho, ainda é cedo, você só tem 36 anos." Homem pede carona na estrada, anda sem camisa, não precisa debutar. Nascer mulher, que roubada.

Meus anos 70 foram assim, esse oásis de tranquilidade mental. No começo, uma paquita. No final, uma Rê Bordosa. Hoje não sei dizer se esta oscilação, de um extremo a outro, tem a ver com as mudanças de comportamento características da década pigmaleão ou se eram tão somente os ritos de passagem da juventude, dos quais todos nós somos vítimas. O fato é que dei uma virada radical na minha cabeça ao mesmo tempo em que o mundo feminino também dava a sua, e só agora este radicalismo começa a ceder lugar à sensatez.

Ser mulher nunca foi uma maravilha, assim como nascer homem está longe de ser uma graça dos céus. Há problemas e vantagens em ambos os lados e, juntos, estamos fundando uma nova sociedade, sem tanto estereótipo e com um pouco mais de bom senso. Se um homem quer pagar sozinho a conta do restaurante, aceito a gentileza sem discussão. Não é isso que determina se uma mulher é moderna ou careta. Mas precisar da autorização do marido para sair com as amigas ou para aceitar um emprego, aí não há romantismo algum, apenas alienação juvenil, a mesma dos verdes anos.

Se os anos 60 foram a infância do movimento feminista, os anos 70 foram sua adolescência, com o desbunde pelo novo e a ansiedade para conquistar seu espaço. Missão cumprida. Ganhamos a chave de casa e hoje o *flower power* não passa de uma lembrança no porta-retratos. Uma vez adultas, aí é que a farra começou.

Novembro de 1995

As boazinhas que me perdoem

Qual é o elogio que toda mulher adora receber? Bom, se você está com tempo, pode-se listar aqui uns 700: mulher adora que verbalizem seus atributos, sejam eles físicos ou morais. Diga que ela é uma mulher inteligente e ela irá com a sua cara. Diga que ela tem um ótimo caráter, além de um corpo que é uma provocação, e ela decorará o seu número. Fale do seu olhar, da sua pele, do seu sorriso, da sua presença de espírito, da sua aura de mistério, de como ela tem classe: ela achará você muito observador e lhe dará uma cópia da chave de casa. Mas não pense que o jogo está ganho: manter-se no cargo vai depender da sua perspicácia para encontrar novas qualidades nessa mulher poderosa, absoluta. Diga que ela cozinha melhor que a sua mãe, que ela tem uma voz que faz você pensar obscenidades, que ela é um avião no mundo dos negócios. Fale sobre sua competência, seu senso de oportunidade, seu bom gosto musical. Agora, quer ver o mundo cair? Diga que ela é muito boazinha.

Descreva uma mulher boazinha. Voz fina, roupas pastéis, calçados rentes ao chão. Aceita encomendas de doces, contribui para a igreja, cuida dos sobrinhos nos finais de semana. Disponível, serena, previsível, nunca foi vista negando um favor. Nunca teve um chilique. Nunca colocou os pés num show de rock. É queridinha. Pequeninha. Educadinha. Enfim, uma mulher boazinha.

Fomos boazinhas por séculos. Engolíamos tudo e fingíamos não ver nada, ceguinhas. Vivíamos no nosso mundinho, rodeadas de panelinhas e nenezinhos. A vida feminina era esse frege: bordados, paredes brancas, crucifixo em cima da cama, tudo certinho. Passamos um tempão assim, comportadinhas, enquanto íamos alimentando um desejo incontrolável de virar a mesa. Quietinhas, mas inquietas.

Até que chegou o dia em que deixamos de ser as coitadinhas. Ninguém mais fala em namoradinhas do Brasil: somos atrizes, estrelas, profissionais. Adolescentes não são mais brotinhos: são garotas da geração teen. Ser chamada de patricinha é ofensa mortal. Quem gosta de diminutivos, definha.

Ser boazinha não tem nada a ver com ser generosa. Ser boa é bom, ser boazinha é péssimo. As boazinhas não têm defeitos. Não têm atitude. Conformam-se com a coadjuvância. Ph neutro. Ser chamada de boazinha, mesmo com a melhor das intenções, é o pior dos desaforos.

Mulheres bacanas, complicadas, batalhadoras, persistentes, ciumentas, apressadas, é isso que somos hoje. Merecemos adjetivos velozes, produtivos, enigmáticos. As inhas não moram mais aqui. Foram para o espaço, sozinhas.

Agosto de 1997

O mulherão

Peça para um homem descrever um mulherão. Ele imediatamente vai falar no tamanho dos seios, na medida da cintura, no volume dos lábios, nas pernas, bumbum e cor dos olhos. Ou vai dizer que mulherão tem que ser loira, 1,80 m, siliconada, sorriso colgate. Mulherões, dentro deste conceito, não existem muitas: Vera Fischer, Leticia Spiller, Malu Mader, Adriane Galisteu, Lumas e Brunas. Agora pergunte para uma mulher o que ela considera um mulherão e você vai descobrir que tem uma em cada esquina.

Mulherão é aquela que pega dois ônibus para ir para o trabalho e mais dois para voltar, e quando chega em casa encontra um tanque lotado de roupa e uma família morta de fome. Mulherão é aquela que acorda de madrugada para pegar a senha da matrícula na escola e aquela aposentada que passa horas em pé na fila do banco para buscar uma pensão merreca. Mulherão é a empresária que administra dezenas de funcionários de segunda a sexta, e uma família todos os dias da semana. Mulherão é quem volta do supermercado segurando várias sacolas depois de ter pesquisado preços e feito malabarismo com o orçamento. Mulherão é aquela que se depila, que passa cremes, que se maquia, que faz dieta, que malha, que usa salto alto, meia-calça, ajeita o cabelo e se perfuma, mesmo sem nenhum convite para ser capa de revista. Mulherão é quem leva os filhos na escola, busca os filhos na escola, leva os filhos pra natação, busca os filhos na natação, leva os filhos pra cama, conta histórias, dá um beijo e apaga a luz. Mulherão é aquela mãe de adolescente que não dorme enquanto ele não chega, e que de manhã bem cedo já está de pé, esquentando o leite.

Mulherão é quem leciona em troca de um salário mínimo, é quem faz serviços voluntários, é quem colhe uva, é quem opera pacientes, é quem lava roupa pra fora, é quem bota a mesa, cozinha o feijão e à tarde trabalha atrás de um balcão. Mulherão é quem cria filhos sozinha, quem dá expediente de oito horas e enfrenta menopausa, TPM e menstruação. Mulherão é quem arruma os armários, coloca flores nos vasos, fecha a cortina para o sol não desbotar os móveis, mantém a geladeira cheia e os cinzeiros vazios. Mulherão é quem sabe onde cada coisa está, o que cada filho sente e qual o melhor remédio pra azia.

Lumas, Brunas, Carlas, Luanas e Sheilas: mulheres nota dez no quesito lindas de morrer, mas mulherão é quem mata um leão por dia.

Março de 1999

Ainda sobre as mães

Gostei muito do que a psicanalista Diana Corso escreveu recentemente em *Zero Hora*, em sua coluna. Ela desprezou o tom de glorificação nas homenagens às mães, citou Elisabeth Badinter (que escreveu *O mito do amor materno*) e disse que estava na hora de sermos menos hipócritas, já que ser mãe não é esta maravilha toda. Eu defendo esta mesma ideia, inclusive abordei isso num dos capítulos do meu livro *Divã*. Acho que ser mãe é ótimo e é uma encrenca, e não há nenhuma frieza nesta constatação, e muito menos falta de amor. É apenas mais uma de nossas ambiguidades.

Estou voltando a este assunto, longe de qualquer data comemorativa, por causa de um comercial de tevê premiado no exterior. O filme mostra um pai e um filho no supermercado. O filho coloca um pacote de salgadinhos no carrinho. O pai retira, devolvendo-o à prateleira. O garoto, teimoso, pega o pacote e recoloca-o no carrinho. O pai calmamente devolve o pacote para a prateleira. Aí o garoto começa a chorar. Do choro vai aos gritos. Atira-se no chão. Faz um escândalo. A cena chama a atenção dos outros clientes, que olham para o pai com ares de reprovação. A criança segue aos berros, um inferno. Corta. Entra uma frase no vídeo: "Use camisinha".

O comercial combate, com bom humor, duas coisas. Primeiro, a ideia de que sob hipótese nenhuma devemos questionar a existência dos filhos em nossas vidas. E também combate a impressão de que camisinha só serve para prevenir a Aids, quando ela é na verdade um método contraceptivo. Achei criativo e engraçado. Mas ele seria realmente ousado se a criança estivesse com a mãe.

Ainda não ficamos à vontade para expor publicamente uma das maiores angústias da mulher de hoje: como conciliar vida profissional e amorosa com a maternidade, que é uma glória, porém nos rouba muito em energia e tempo. Como conquistar tudo o que está ao nosso alcance se ainda somos escravizadas pelas exigências domésticas? Como ser livres diante de um, dois ou três filhos que nos requisitam na infância, na adolescência e muitas vezes ainda na idade adulta? Imagine esse mesmo comercial, com a mesma cena corriqueira que foi mostrada (corriqueira para quem tem filhos mal-educados, se bem que os nossos, mesmo adoráveis, já fizeram algo parecido um dia). Imagine se depois de todo o escândalo infantil entrasse a frase: "Tome pílula". O Papa se descabelaria e o resto da sociedade iria passar mal do estômago.

Eu adoro ser mãe, mas não durante as 24 horas do dia. Até mesmo as que contam com um séquito de babás e motoristas fantasiam, de vez em quando, com uma vida sem dependentes. Não é pecado, não somos santas. Larguem-nos sozinhas num supermercado com um garoto histérico, impeçam-nos de trabalhar ou estudar por causa de uma criança, coloquem um bebê chorão sob nossa guarda dia e noite. É aí que a supermulher descobre que é humana.

25 de maio de 2003

Maternidade ou não

Semana passada me telefonaram de um jornal para pedir um depoimento sobre mulheres que decidiram não ter filhos. Queriam um testemunho curto e rápido. Sobre um tema tão intenso? Fui curta e rápida, mas agora vou me estender.

Tenho duas filhas planejadas e amadas, que nunca me provocaram um segundo sequer de arrependimento. Mas nunca fui obcecada pela maternidade. Acredito que qualquer mulher pode ser feliz sem ser mãe. Existem diversas outras vias para distribuirmos nosso afeto, diversos outros interesses que preenchem uma vida: amigos, trabalho, paixões, viagens, literatura, música – até solidão, se me permitem a heresia. Conheço mulheres que se sentem íntegras e felizes sem ter tido filhos, e mulheres rabugentas que tiveram não sei por que, já que só reclamam. Há de tudo nesta vida.

Mas tenho pensado nesta questão porque, dia desses, uma amiga inteligente, realizada e linda completou 50 anos e se revelou meio abatida por certos questionamentos que chegaram com a idade – uma idade que está longe de ser das trevas, mas que é emblemática, não se pode negar. Ela nunca quis ter filhos. Escolha, não impossibilidade. Tem uma vida de sonho, mas ela anda se perguntando: não tive filhos, será que fiz bem?

Ninguém tem a resposta. Mas é fácil compreender o dilema. Quando entramos nos 30, o relógio biológico exige uma decisão: ter ou não? Algumas resolvem: não. Criança dá trabalho, criança demanda muita atenção, criança é dependente, criança interfere no relacionamento do casal, criança dá despesa, criança é pra sempre. Tudo verdade, a não ser por um detalhe: crianças crescem. Crianças se transformam em adultos companheiros, crianças são quase sempre nossa versão melhorada, crianças herdarão não apenas nossos anéis, mas nossos genes, nosso jeito, nossa história, e isso é explosivo, intenso, diabólico, fenomenal. Aos 30 só pensamos na perda da liberdade, mas aos 50 conseguimos finalmente entender que a maternidade é muito mais do que abnegação, é uma aposta no futuro. Depois dos anos palpitantes e frenéticos da juventude, chega uma hora em que deixamos de pensar apenas no lado prático da vida para valorizar as conquistas emocionais, que são as que verdadeiramente nos identificam.

Não estou fazendo a apologia da maternidade, sigo acreditando que todas as escolhas são legítimas. Mas optar por não ter filhos não é algo trivial. É uma experiência profunda que abriremos mão de vivenciar. É uma emoção que transferiremos para sobrinhos sem jamais saber como seria se eles tivessem sido gerados por nós. Vale a pena desprezar esse investimento de amor? Um investimento que, diga-se, é uma pedreira muitas vezes, não é nenhum mar de rosas? Nessas horas faz falta uma bola de cristal. O problema é se a dúvida vier nos atazanar mais adiante. A gente nunca sabe como teria sido se... É por isso que, neste caso, compensa queimar bastante os neurônios antes de decidir. Não dá para pensar no assunto levando-se em conta apenas o momento que se está passando, mas o contexto geral de uma vida. Porque *não* ser mãe também é para sempre.

8 de maio de 2005

Belíssimas

Já li muitos comentários positivos a respeito de *Belíssima*. O que ainda não li foi comentários sobre a abertura da novela. Ou talvez tenha me escapado.

O tema da abertura: a beleza feminina. A música: *Você é linda*, de Caetano Veloso. Tinha tudo para ser um festival de bom gosto, no entanto, há controvérsias. Se não há, olha eu aqui inaugurando uma.

A modelo que aparece de maiô, sabemos, tem um rosto perfeito: pena que pouco apareça. Em evidência, apenas aquele amontoado de ossos. Coxas quase da mesma espessura dos tornozelos e braços que mais parecem gravetos. Entre a pele e as costelas, onde foi parar o recheio?

Pode ter sido apenas um problema de iluminação ou de recorte, mas o resultado que nos é mostrado há meses, todas as noites, é o raquitismo como sinônimo de perfeição estética.

Hoje é o Dia Internacional da Mulher, que na prática não ajuda a mudar muita coisa, mas ao menos serve para reflexões, debates e crônicas temáticas. O que valeria a pena discutir hoje? Proponho um assunto sem relevância política, mas igualmente importante: o recheio. Tudo o que temos retirado de nós, tudo o que tem sido lipoaspirado de nossas vidas.

Já fomos mais silenciosas. Mas, ao ganhar o direito à voz, nos tornamos mulheres aflitas, que não se permitem um momento de quietude. Falamos, falamos, falamos compulsivamente, como se fosse contraindicado guardar-se um pouco, como se o silêncio pudesse nos inchar.

Já sofremos com mais pudor. Hoje nossas deprês são extravasadas, distribuídas, ofertadas, viram capa de revista, como se a dor fosse uma inimiga a ser despejada, como se o sofrimento fosse algo venenoso e necessitasse de expulsão, como se não valesse a pena alimentar-se dele e através dele crescer.

Já fomos mães mais atentas, que geravam por mais tempo, por bem mais do que nove meses. Levávamos os filhos dentro de nossas vidas por longos anos. Hoje temos mais pressa em entregá-los para o mundo, a responsabilidade pesa, e como peso é tudo o que não queremos, acabamos por nos aliviar dos compromissos severos de toda educação.

Já fomos mais românticas. Hoje o sexo é mais importante, queima calorias, melhora a pele e não duvido que um coração vazio também ajude na hora de subir na balança.

Por um lado, conquistamos tanto, e, por outro, estamos nos esvaziando, querendo tudo rápido demais e abrindo mão de aproveitar o que a vida tem de melhor: o sabor, o gosto. Calma, meninas. Amor não engorda. Discrição não engorda. Reflexão não engorda. Não é preciso se agitar tanto, correr tanto, falar tanto, brigar tanto, nada disso é exercício aeróbico, é apenas tensão. Nesse ritmo, perderemos a beleza da feminilidade e acabaremos secas não só por fora, mas por dentro também.

8 de março de 2006

O que mais você quer?

Era uma festa familiar, dessas que reúnem tios, primos, avós e alguns agregados ocasionais que ninguém conhece direito. Jogada no sofá, uma garota não estava lá muito sociável, a cara era de enterro. Quieta, olhava para a parede como se ali fosse encontrar a resposta para a pergunta que certamente martelava em sua cabeça: o que estou fazendo aqui? De soslaio, flagrei a mãe dela também observando a cena, inconsolável, ao mesmo tempo em que comentava com uma tia: "Olha pra essa menina. Sempre com essa cara. Nunca está feliz. Tem emprego, marido, filho. O que ela pode querer mais?".

Nada é tão comum quanto resumirmos a vida de outra pessoa e achar que ela não pode querer mais. Fulana é linda, jovem e tem um corpaço, o que mais ela quer? Sicrana ganha rios de dinheiro, é valorizada no trabalho e vive viajando, o que é que lhe falta?

Imaginei a garota acusando o golpe e confessando: sim, quero mais. Quero não ter nenhuma condescendência com o tédio, não ser forçada a aceitá-lo na minha rotina como um inquilino inevitável. A cada manhã, exijo ao menos a expectativa de uma surpresa. Expectativa, por si só, já é um entusiasmo.

Quero que o fato de ter uma vida prática e sensata não me roube o direito ao desatino. Que eu nunca aceite a ideia de que a maturidade exige conformismo. Que eu não tenha medo nem vergonha de ainda desejar.

Quero uma primeira vez outra vez. Um primeiro beijo em alguém que ainda não conheço, uma primeira caminhada por uma nova cidade, uma primeira estreia em algo que nunca fiz, quero seguir desfazendo as virgindades que ainda carrego, quero ter sensações inéditas até o fim dos meus dias.

Quero ventilação, não morrer um pouquinho a cada dia sufocada em obrigações e em exigências de ser a melhor mãe do mundo, a melhor esposa do mundo, a melhor qualquer coisa. Gostaria de me reconciliar com meus defeitos e fraquezas, arejar minha biografia, deixar que vazem algumas ideias minhas que não são muito abençoáveis.

Queria não me sentir tão responsável sobre o que acontece ao meu redor. Compreender e aceitar que não tenho controle nenhum sobre as emoções dos outros, sobre suas escolhas, sobre as coisas que dão errado e também sobre as que dão certo. Me permitir ser um pouco insignificante.

E, na minha insignificância, poder acordar um dia mais tarde sem dar explicação, conversar com estranhos, me divertir fazendo coisas que nunca imaginei, deixar de ser tão misteriosa pra mim mesma, me conectar com as minhas outras possibilidades de existir. O que eu quero mais? Me escutar e obedecer ao meu lado mais transgressor, menos comportadinho, menos refém de reuniões familiares, marido, filhos, bolos de aniversário e despertadores na segunda-feira de manhã. E também quero mais tempo livre. E mais abraços.

Pois é, ninguém está satisfeito. Ainda bem.

28 de maio de 2006

Doidas e santas

"*Estou no começo do meu desespero/ e só vejo dois caminhos:/ ou viro doida ou santa.*" São versos de Adélia Prado, retirados do poema "A serenata". Narra a inquietude de uma mulher que imagina que mais cedo ou mais tarde um homem virá arrebatá-la, logo ela que está envelhecendo e está tomada pela indecisão – não sabe como receber um novo amor não dispondo mais de juventude. E encerra: "*De que modo vou abrir a janela, se não for doida? Como a fecharei, se não for santa?*"

Adélia é uma poeta danada de boa. E perspicaz. Como pode uma mulher buscar uma definição exata para si mesma estando em plena meia-idade, depois de já ter trilhado uma longa estrada onde encontrou alegrias e desilusões, e tendo ainda mais estrada pela frente? Se ela tiver coragem de passar por mais alegrias e desilusões – e a gente sabe como as desilusões devastam – terá que ser meio doida. Se preferir se abster de emoções fortes e apaziguar seu coração, então a santidade é a opção. Eu nem preciso dizer o que penso sobre isso, preciso?

Mas vamos lá. Pra começo de conversa, não acredito que haja uma única mulher no mundo que seja santa. Os marmanjos devem estar de cabelo em pé: como assim, e a minha mãe?

Nem ela, caríssimos, nem ela.

Existe mulher cansada, que é outra coisa. Ela deu tanto azar em suas relações, que desanimou. Ela ficou tão sem dinheiro de uns tempos pra cá, que deixou de ter vaidade. Ela perdeu tanto a fé em dias melhores, que passou a se contentar com dias medíocres. Guardou sua loucura em alguma gaveta e nem lembra mais.

Santa mesmo, só Nossa Senhora, mas, cá entre nós, não é uma doideira o modo como ela engravidou? (Não se escandalize, não me mande e-mails, estou brin-can-do.)

Toda mulher é doida. Impossível não ser. A gente nasce com um dispositivo interno que nos informa desde cedo que, sem amor, a vida não vale a pena ser vivida, e dá-lhe usar nosso poder de sedução para encontrar "the big one", aquele que será inteligente, másculo, se importará com nossos sentimentos e não nos deixará na mão jamais. Uma tarefa que dá para ocupar uma vida, não é mesmo? Mas além disso temos que ser independentes, bonitas, ter filhos e fingir, às vezes, que somos santas, ajuizadas, responsáveis, e que nunca, mas nunca, pensaremos em jogar tudo para o alto e embarcar num navio pirata comandado pelo Johnny Depp, ou então virar uma cafetina, ou sei lá, diga aí uma fantasia secreta, sua imaginação deve ser melhor que a minha.

Eu só conheço mulher louca. Pense em qualquer uma que você conhece e me diga se ela não tem ao menos três destas qualificações: exagerada, dramática, verborrágica, maníaca, fantasiosa, apaixonada, delirante. Pois então. Também é louca. E fascinante.

Todas as mulheres estão dispostas a abrir a janela, não importa a idade que tenham. Nossa insanidade tem nome: chama-se Vontade de Viver até a Última Gota. Só as cansadas é que se recusam a levantar da cadeira para ver quem está chamando lá fora. E santa, fica combinado, não existe. Uma mulher que só reze, que tenha desistido dos prazeres da inquietude, que não deseje mais nada? Você vai concordar comigo: só sendo louca de pedra.

13 de abril de 2008

Um namorado a essa altura?

Quem é que tem namorado, namorada? Garotada. Antes de casar, de constituir família e cumprir com toda a formalidade, namora-se, e o verbo é de uma delícia de matar de inveja, namorar, experimentar, entrar em alfa, curtir, viajar, brigar, voltar, se vestir pra ele, se exibir pra ela, telefonar, enviar torpedos, dar presentinhos, apresentar mãe, pai, amigos, ocultar ex-ficantes, declarar-se, agarrar-se no cinema, não ter grana para morar junto, ausência dolorosa, ver-se de vez em quando, um dia tem faculdade, no outro se trabalha até mais tarde, quando então? Amanhã à noite, marca-se, aguarda-se. Namorados. Que fase.

Depois vem o casamento, os filhos, as bodas e aquela coisa toda. Dia dos namorados vira pretexto para mais um jantar num restaurante chique, onde se pagará uma nota pelo vinho. Depois dos 3.782 "te amo" já trocados, mais um, menos um, o coração já não se exalta. Deita-se na mesma cama, o colchão já afundado, transa-se no automático, renovam-se os votos e segue o baile, amanhã estaremos de novo juntos, e depois de amanhã, e depois de depois, até os cem anos. Casados. Bem casados.

Mas namorado, não. Namorar tem frescor, é amor estreado, o choro trancado no quarto, o presente comprado com uns míseros trocados, os porta-retratos, os malfadados bichinhos de pelúcia, as camisinhas e todos os cuidados, os "pra sempre" diariamente renovados, namorados. Cada qual no seu quadrado.

Pois outro dia vi uma mulher de 56 anos dar um depoimento engraçado. Disse ela: "Já fui casada, hoje tenho filhos adultos, um netinho e um namorado, e me sinto quase retardada. Difícil nessa idade dizer que o que se tem não é um marido, nem mesmo um amante. Que outro nome posso dar a esse homem que vejo três vezes por semana, que me deixa bilhetinhos apaixonados e me liga para dar boa noite quando não está ao meu lado?".

Minha senhora, é um namorado. Por mais fora de esquadro.

Como apresentá-lo, ela que já não usa minissaia, nem meia três quartos, e que já possui um imóvel quitado? Ele grisalho, ex-surfista, hoje meio alquebrado: um namorado?

Pois é o que se vê por aí: namorados de 47, 53, 62 anos, todos veteranos no papel de novatos. Começando tudo de novo, depois de tanto já terem quebrado os pratos. Eles, livres como pássaros. Elas, coração aos pulos, depilação em dia, sem tempo para os netos: vovó tem direito a uma volta ao passado.

O que poderia ser constrangedor agora é um fato. Namora-se antes do casamento, e depois. Com a vantagem de os namoros da meia-idade dispensarem ultimatos.

13 de junho de 2010

Ai de nós, quem mandou?

Mulheres ganham salários menores que os dos homens, e líderes feministas seguem lutando para reverter essa injustiça. Mas já não sei se é boa ideia continuar batalhando por igualdade. Depois de ler o resultado de uma recente pesquisa feita pela Universidade de Harvard, fiquei inclinada a pensar que talvez seja melhor manter as coisas como estão. A pesquisa chama-se *Schooling Can't Buy Me Love* (*Escolaridade não pode me comprar amor*) e confirma que quanto mais as mulheres estudam, mais elas progridem. Porém, quanto mais bem-sucedidas, menores as chances de casar. Os homens ainda não estão preparados para abrir mão da superioridade que o papel de provedor lhes confere. E mesmo os mais antenados, que apoiam que suas mulheres sejam independentes, ficam inseguros se elas tiverem cargos de chefia e muita visibilidade. Ganhar dinheiro, tudo bem, mas aparecer mais do que eles já é desaforo.

Beleza. O que vamos dizer para nossas filhas? Estudem, mas fazer doutorado e mestrado é exagero, antes um bom curso de culinária. Tenham opiniões próprias quando conversarem com as amigas, mas em casa digam apenas "ahã" para não se incomodar. Usem seu dinheiro para comprar roupas, pulseiras e esmaltes, esqueçam o investimento em viagens, teatro e livros. E na hora de se declararem, troquem o "eu te amo" por "eu preciso de você", "eu não sou ninguém sem você", "eu não valho meio quilo de alcatra sem você". Homens querem se sentir necessários. Amados, só, não serve.

Que encrenca que as feministas nos arranjaram. Estimularam o pensamento livre, a autoestima, a produtividade e a alegria de trilhar um caminho condizente com nosso potencial. De apêndices dos nossos pais e maridos, passamos a ter um nome próprio e uma vida própria, e acreditamos que isso seria excelente para todos os envolvidos, afinal, os sentimentos ficaram mais honestos, e com eles os relacionamentos. O amor deixou de ser o álibi para um lucrativo arranjo social. Passou a ser mais espontâneo, e as carências de homens e mulheres foram unificadas, já que todos precisam uns dos outros para dividir angústias, trocar carinho, pedir apoio, confessar fraquezas, unir forças no momento das dificuldades. Todos se precisam da mesma forma, não de formas distintas. Mas há quem defenda que homem só precisa de paparico e mulher de quem tome conta dela, e basta.

Nunca imaginei que em 2010 ainda estaria escrevendo sobre isso. Achei que os homens já tivessem percebido o quanto ganham em ter uma mulher inteira a seu lado, e não um bibelô. Acreditei que a competitividade tivesse dado lugar a um companheirismo mais saudável e excitante, onde todos pudessem se orgulhar dos seus avanços e se apoiar nas quedas, mas que iludida: isso não existe, filha. Essas mulheres aí que não cozinham, não passam, não lavam, que só evoluem, essas não são exemplo pra ninguém, são umas coitadas de umas infelizes que pagam as contas e ainda se acham divertidas, se fazem de inteligentes, querem bater perna em Nova York, pois vão arder no fogo do inferno, vão amargar na solidão, vão morrer abraçadas nos seus laptops, aqui se faz, aqui se paga, pode escrever.

Tamo ferrada.

12 de setembro de 2010

Uma mulher entre parênteses

Era como ela catalogava as pessoas: através dos sinais de pontuação. Irritava-se com as amigas que terminavam as frases com reticências... Eram mulheres que nunca definiam suas opiniões, que davam a entender que poderiam mudar de ideia dali a dois segundos e que abusavam da melancolia. Por outro lado, tampouco se sentia à vontade com as mulheres em estado constante de exclamação. Tudo nelas causava impacto!! Consideravam-se mais importantes que as outras!! Ela não. Ela era mais discreta. A mais discreta de todas.

Não era do tipo mulher dois pontos: aquela que está sempre prestes a dizer uma verdade inquestionável, que merece destaque. Também não era daquelas perguntadeiras xaropes que não acreditam no que ouvem, não acreditam no que veem e estão sempre querendo conferir se os outros possuem as mesmas dúvidas: será, será, será? Ela possuía suas interrogações, claro, mas não as expunha.

Era uma mulher entre parênteses.

Fazia parte do universo, mas vivia isolada em seus próprios pensamentos e emoções.

Era como se ela fosse um sussurro, um segredo. Como uma amante que não pode ser exibida à luz do dia. Às vezes, sentia um certo incômodo com a situação, parecia que estava sendo discriminada, que não deveria interagir com o restante das pessoas por possuir algum vírus contagioso. Outras vezes, avaliava sua situação com olhos mais românticos e concluía que tudo não passava de proteção. Ela era tão especial que seria uma temeridade misturar-se com mulheres óbvias e transparentes em excesso. A mulher entre parênteses tinha algo a dizer, mas jamais aos gritos, jamais com ênfase, jamais invocando uma reação. Ela havia sido adestrada para falar para dentro, apenas consigo mesma.

Tudo muito elegante.

Aos poucos, no entanto, ela passou a perceber que viver entre parênteses começava a sufocá-la. Ela mantinha suas verdades (e suas fantasias) numa redoma, e isso a livrava de uma existência vulgar, mas que graça tinha? Resolveu um dia comentar sobre o assunto com o marido, que achou muito estranho ela reivindicar mais liberdade de expressão. Ora, manter-se entre parênteses era um charmoso confinamento. "Minha linda, você é uma mulher que guarda a sua alma."

Um dia ela acordou e descobriu que não queria mais guardar a sua alma. Não queria mais ser um esclarecimento oculto. Ela queria fazer parte da confusão.

"Mas, minha linda..."

E não quis mais, também, aquele homem entre aspas.

15 de maio de 2011

O que é ser mulher?

Sempre que chega essa época do ano, prometo a mim mesma: minhas próximas férias serão tiradas em março. Vou alugar uma choupana em Ushuaia e só volto quando pararem de falar no Dia da Mulher. Apenas para evitar a pergunta que tantos pedem que a gente responda: "O que é ser mulher?".

Basicamente, ser mulher é ter nascido com os cromossomos XX. Será que isso responde a questão? Responde, só que de modo desaforado. Espera-se que colaboremos: "Ser mulher é ser mãe, esposa, profissional...". Alguém ainda aguenta essa chorumela?

Se é para refletir sobre o assunto, então sejamos francos: ninguém mais sabe direito o que é ser mulher. Sofremos uma descaracterização. Necessária, porém aflitiva. Entramos no mercado de trabalho, passamos a ter liberdade sexual e deixamos para ter filhos mais tarde, se calhar. Somos presidentes, diretoras, empresárias, ministras. Sustentamos a casa. Escolhemos nossos carros. Viajamos a serviço. Saímos à noite com as amigas. Praticamos boxe. O que é ser mulher, nos perguntam. Pois hoje, ser mulher é praticamente ser um homem.

Nossa masculinização é um fato. Ok, nenhuma mulher desistirá de tudo o que conquistou. A independência é um ganho real para nós, para nossa família e para a sociedade. Saímos da sombra e passamos a existir de forma plena. E o mundo se tornou mais heterogêneo e democrático, mais dinâmico e produtivo, em suma: muito mais interessante. Mas não nos deram nada de mão beijada, ganhamos posições no grito, falando grosso. E agora está difícil reconhecer nossa própria voz.

"Sou mais macho que muito homem" não é apenas o verso de uma música de Rita Lee, é pensamento recorrente de cérebros femininos. Alguém ainda conhece uma mulher reprimida, omissa, sem opinião, sem pulso? Foram extintas e deram lugar às eloquentes.

Nada de errado, repito. Acumulamos uma energia bivolt e isso tem nos trazido inúmeros benefícios – deixamos de ser um simples acessório, nos integralizamos. Mas essa nova mulher ainda se permitirá um segundinho de "cuida de mim"? Se os homens estão se permitindo ser frágeis, por que não nos permitimos também, nós que temos os royalties dessa condição?

É no amor que a mulher recupera sua feminilidade. É na relação a dois. Na autorização que dá a si mesma de se sentir cansada e de permitir que o outro tome decisões e a surpreenda. É através do amor que voltamos a confiar cegamente, a baixar a guarda e a deixar que nos seduzam – sem considerar isso ofensivo. Muitas mulheres estão desistindo de investir num relacionamento por se julgarem incapazes de jogar o jogo ancestral: eu, provedor; você, minha fêmea. Os homens sabem que já não iremos nos contentar em receber mesada e ficar em casa guardando a ninhada, mas, na intimidade, que tal deixarmos a testosterona e o estrogênio interpretarem seus papéis convencionais?

Um amor sem tanta racionalidade, sem demarcação de território, sem guerra pelo poder. Amolecer de vez em quando, com entrega, com gosto. É onde ainda podemos ressuscitar a mulher que fomos, sem prejuízo à mulher que somos.

6 de março de 2013

Livros, filmes, músicas etc.

Meryl Streep, chorai por nós

Não há quem já não tenha dado uma choradinha no escuro do cinema. Muitos adultos verteram baldes de lágrimas no final de *Love Story*, enquanto crianças soluçam até hoje na cena em que a mãe do Bambi vai para o céu. São duas horas de desligamento onde acontecem as maiores catarses. Alguns abrem o berreiro sem embaraço, outros fingem estar gripados. Há aqueles que puxam uns óculos escuros providenciais, mesmo que esteja um breu lá fora. Chora-se até em filme com o Eddie Murphy, o que me parece compreensível. *As Pontes de Madison* é mais uma oportunidade para lavar a alma.

A plateia inteira abre a torneirinha nos últimos vinte minutos do filme, homens e mulheres. Mas o motivo do choro não é a morte, que tanto nos fez chorar em *Filadélfia, Terra de Sombras, Flores de Aço* e outros campeões de tortura. A perda de um familiar ou de um amigo, mesmo na ficção, sempre gera reações emocionadas, seja porque já se passou por isso, seja porque ainda vai se passar. Impossível não se colocar no lugar de Shirley McLaine na cabeceira da filha no final de *Laços de Ternura*. Que bala azedinha, que nada, eu quero é um lenço de papel.

As Pontes de Madison não trata da morte, pelo menos não as deste tipo, consideradas trágicas por serem decididas pelo destino. A morte de *As Pontes de Madison* é mais cruel: é a morte que nos autoimpomos para sobreviver num mundo onde as regras sociais são mais importantes do que os nossos instintos naturais.

A história do filme, para quem não sabe, é a de uma mulher de meia-idade, casada e com dois filhos adolescentes, que conhece um homem e vive com ele um romance durante quatro dias enquanto sua família está fora da cidade. Nestes quatro dias ela redescobre em si valores e sentimentos que haviam sido abafados por anos e anos de um casamento morno e rotineiro. Qualquer semelhança com a vida real não é mera coincidência.

Em um dos muitos diálogos entre Clint Eastwood e Meryl Streep, protagonistas do filme, aparece uma frase que Woody Allen já havia usado em *Crimes e Pecados*: "A gente é a soma das nossas decisões". Nada é mais verdadeiro: todos nós somos frutos das nossas escolhas, e muitas vezes nos tornamos vítimas delas. Uma mulher que se casa aos 20 anos, abandonando a profissão e dedicando-se unicamente à família, não fez uma escolha errada. Naquele momento da sua vida, era o que ela queria para si. Mas o tempo não para. Esta mesma mulher cresce e vê seus antigos sonhos darem lugar a novos desejos. Seria simples se fosse apenas uma questão de acumular atividades, realizações, vivências, mas geralmente é preciso abrir mão de uma coisa em função de outra, e é aí que é preciso escolher quem, entre todas as mulheres que somos, será sacrificada.

Ninguém é 100% maternal, ou 100% aventureira, ou 100% executiva. No entanto, muitas pessoas escolhem um único papel para exercer na vida, anulando todas as outras possibilidades. Fazem isso porque não acreditam na sua capacidade de administrar muitos "eus" dentro de si, optando por dedicar-se a um só, como se ele pudesse resistir sozinho a tantos apelos externos.

Francesca, a personagem de Meryl Streep, era mãe de forno e fogão em tempo integral, até que encontrou um homem que conseguiu enxergá-la além do estereótipo, despertando nela outra Francesca, que gostava de dançar, que sentia falta de lecionar, que desejava conhecer lugares exóticos. Cabe a ela, no final do filme, decidir qual a Francesca que deve sobreviver: a dona de casa convencional ou a mulher que quer sair mundo afora em busca de si mesma. Todos os dias passamos por esta provação, mas se desde cedo nos acostumarmos com a presença de nossas outras personalidades, sem tentar mascará-las, as escolhas serão feitas com menos trauma. Chama-se a isso amadurecimento. Dói, por isso choramos.

Outubro de 1995

No divã com Woody Allen

Ele não tem o carisma de Marlon Brando, nem os olhos de Mel Gibson, nem a sensualidade de Mick Jagger. Se você passar por ele na rua, é capaz de não reconhecê-lo. Não dá muitas entrevistas. Não vai à entrega do Oscar. Não vive como um nababo. Foi protagonista de um escândalo, é verdade, mas dispensa esse tipo de publicidade. Ele é feio. Maníaco. Nervoso. Senhoras e senhores, meu ídolo, Woody Allen.

Engraçado, não estou ouvindo aplausos.

Pudera. Woody Allen está longe de ser uma estrela, uma unanimidade. Recusa todos os artifícios que produzem glamour. Raramente bota os pés em Los Angeles. É dos poucos diretores de cinema que não trabalha com efeitos especiais, megaorçamentos ou femmes fatales. Não estoura bilheterias. Apesar de ser muito respeitado pela crítica, não raro é acusado de fazer sempre o mesmo filme, com o mesmo personagem: ele mesmo. Touché. Chegamos ao verve da questão.

Woody Allen faz sempre o mesmo filme, sim, e com o mesmo personagem. Só que esse personagem não é ele somente: sou eu, você e o vizinho esquisito do andar de cima. O ser humano, com sua fragilidade, suas dúvidas, sua ternura, sua hipocrisia, sua tara, sua neura, sua ingenuidade e suas trapaças é sempre o astro dos filmes de

Woody Allen, seja esse ser humano interpretado por ele mesmo ou por Alan Alda, Diane Keaton ou Mira Sorvino. Homens e mulheres, tanto faz: o elenco inteiro interpreta o espectador, ali escondido no escurinho do cinema.

Os filmes de Woody Allen iniciam do nada e terminam de repente, parecem muito com a vida. Não existe cenário, não há futurismo nem lançamento de modismos: todos comem e bebem o mesmo que nós, caminham por ruas de verdade e moram em apartamentos com cozinha, janelas e porta-retratos. Dá até para sentir a calefação. Sexo, drogas e rock'n'roll? Tsk, tsk. Carência, vinho e jazz. Mesmo assim, os finais são sempre animadores, não importa quem fica com quem, ou se alguém fica sem ninguém. Todas as opções são aceitáveis. A felicidade é uma isca pendurada na altura dos olhos. Tentar alcançá-la é o que nos move.

Seus roteiros não manipulam os sentimentos da plateia. Não há a hora do medo, a hora do suspense, a hora do alívio. O filme desliza, escorrega, nos pega pela mão. Já interpretamos todas as cenas, sabemos como tudo vai acabar, somos coautores de suas obras. Vivemos a era do rádio. Somos camaleões. Nos apaixonamos pela pessoa errada. Queremos que o galã pule da tela. Questionamos a existência, o casamento, o espermatozoide que morreu a caminho da consagração. Temos medo. Somos anárquicos, claustrofóbicos, infantis, geniais. Temos, todos, a mesma história para contar. Woody Allen só se encarrega dos diálogos.

A realidade, é claro, não nos basta. Assim como as crianças precisam do Aladim, da Branca de Neve e dos

Power Rangers para habitar suas fantasias, nós, crianças grandes, precisamos do Robocop, do Cyrano de Bergerac, da Kim Basinger. Precisamos de um corpo de lata para encarnar nossa própria violência, um nariz grotesco para inspirar nossa poesia, um belo par de pernas a serviço do nosso erotismo. Precisamos de símbolos, e Hollywood nos serve com competência nessa catarse. Mas de vez em quando é bom lembrar que há sangue de verdade correndo em nossas veias, e para isso não é preciso vê-lo derramado na tela. Um pouco de romance, uma pitada de frustração, uma oferta caída do céu, sonhos desfeitos, um dia se ganha, outro se perde, não é mais ou menos assim com todo mundo? Não é preciso ter lido o roteiro para saber o final da história. Basta fazer como Woody Allen: aprender a se divertir com a repetição, com a banalidade, com o previsível. Ri melhor quem ri apesar de tudo.

Junho de 1996

Paulo Francis por aí

Qual é o maior desejo do ser humano? Uma mansão em Miami com torneiras de ouro, responderia um deslumbrado. Saúde, responderiam os ponderados. A imortalidade, responderiam milhões. Pois é com a imortalidade que deverá ser premiado Paulo Francis, não porque a tenha desejado, mas porque ele teve a coragem de desafiar aquele que é, sem dúvida, o verdadeiro e silencioso desejo de absolutamente todos nós: ser amado.

Paulo Francis era elitista, racista, agressivo, petulante, machista, mas era inteligente o bastante para saber que o medo de ser odiado pode ser mais letal do que um câncer: paralisa neurônios, anestesia a mente, mata a personalidade. Francis era uma das poucas pessoas que dizia exatamente o que pensava, o que é um ultraje em tempos politicamente corretos. Um pouquinho de marketing? Tinha. Mas seu destempero verbal não era fruto de uma estratégia programada. Ele simplesmente soube, como ator que era, dourar a imagem do polemista nato.

Eu concordava com muitas de suas opiniões e discordava de outras tantas. Não foram poucas as vezes em que o considerei um grosso, e falta de educação nunca foi prerrogativa de jornalista nem de ninguém. No entanto, algo me fascinava em seu estilo de dizer as coisas, independente da violência das acusações ou do sarcasmo de alguns comentários: era o fato de ele ter conquistado a liberdade de citar filósofos pouco conhecidos, de narrar óperas inacessíveis e de cair de pau em grande parte da nossa cultura popular sem sentir um pingo de remorso, sem nenhuma diplomacia, sem acender vela para deus nem para o diabo. Preocupava-se mais com a ração de seus gatos do que com as reações dos seus leitores.

Há mérito nisso? Quem vive de escrever sabe que há. Pode-se fazer uma afirmação de mil maneiras: com suavidade, com elegância, com humor, com duplo sentido, com paixão, com raiva, com desprezo, com respeito, sem respeito. Escolher palavras para se dizer o que pensa é um trabalho artesanal, meticuloso, de risco calculado. Depois de um certo tempo nesse ofício, escreve-se mais rápido, o estilo se impõe e tudo flui sem tanta racionalidade, mas nunca se perde a noção do perigo. Sabe-se muito bem que o leitor médio não é nenhum bacharel em Letras e que pode considerar ofensiva até uma receita de olho de sogra. Vide as cartas para a redação.

Pois Francis passou por aqui para dar um recado: desrespeito ao leitor é tratá-lo como analfabeto, como um ser incapaz de raciocinar sobre o que está lendo e tirar suas próprias conclusões. Desrespeito é um comentarista maquiar suas posições por receio de não ser aceito. Desrespeito é escrever mastigadinho, é querer agradar gregos e troianos, é se autocensurar visando o reino dos céus. Nem sermão de padre consegue ser tão chato.

É por isso que todos aqueles que adoravam Paulo Francis e também os que o odiavam do fundo do coração devem lamentar sua morte. Porque ele era ranzinza, implicante, metido, mas também era culto, sensível, engraçado. Porque sua insistente manifestação de desdém pelo mundo nada mais era do que uma idolatria ao bem viver, ao bom gosto, a tudo de belo que o ser humano merece e, sem notar, abdica.

Seus inimigos não haverão de estar aliviados. Ruim com ele, pior sem ele.

Fevereiro de 1997

Picasso e a arte dos desiguais

Tal é a minha paixão por Pablo Picasso que não pude deixar de assistir ao filme de James Ivory, onde o pintor andaluz é interpretado pelo não menos magnífico Anthony Hopkins. O filme é fraco, mas o personagem é grandioso. Vale o ingresso.

Os Amores de Picasso não se detém na obra do mestre, mas na sua personalidade egocêntrica e na sua infidelidade absoluta a todos que o rodeavam: mulheres, amantes, amigos, empregados. A história é narrada por Françoise, que casou com Picasso quando este já tinha mais de 60 anos e que com ele teve dois filhos, Claude e Paloma. Segundo consta, foi a única mulher que teve coragem de abandoná-lo. Vendo o filme, fica fácil entender por quê.

Avarento, machista, mal-agradecido, petulante, excêntrico. Sim, Picasso era mais um desses homens que acham que, acima deles, só há Deus e olhe lá. No entanto, a arte ocidental deste século mal seria lembrada caso esse maluco não tivesse começado a desenhar aos 10 anos de idade, desenvolvendo uma técnica excepcional e uma genialidade intuitiva que renovou todos os padrões da época e que se mantém, até hoje, sem concorrência. Isso perdoa suas distorções de comportamento? Isso nos põe de joelhos.

Não é preciso ser mau-caráter para ser gênio, mas é preciso ser livre, e liberdade não combina com convenções. A liberdade é politicamente incorreta. A liberdade é personalista. A liberdade não se veste bem, não tem bons modos, não liga para o que os outros vão dizer. Ser absolutamente livre tem um ônus que poucos se atrevem a pagar. Picasso pagou com sua arte e deixou o mundo devendo.

Se Picasso fosse monogâmico, polido, um verdadeiro lorde, não seria Picasso. Ele jamais foi um artista burocrático, desses que trabalham das nove às cinco. Picasso reproduzia sua efervescência mental a qualquer hora e em qualquer superfície que houvesse à frente, fosse uma mesa de bar ou carecas alheias. Não era um sujeito agradável: era um homem solto, que não tinha amarras nem ninguém para prestar contas. Onde se assentam, hoje, os sem-dono, os sem-patrão?

Não existe mais boemia, amor livre, botecos. Dificilmente um candidato a Hemingway irá buscar inspiração dentro do Planet Hollywood. Há pouco espaço para a originalidade e para a desobediência. Estão todos de tocaia: a imprensa, a família, a sociedade. Ou trabalhamos de acordo com as regras do mercado ou estamos condenados ao ostracismo. É uma espécie de capitalismo comunista: estimula-se a livre concorrência desde que todos sejam iguais. Só os egoístas podem nos salvar da mediocridade.

Dizem que todo artista é louco. Se loucura e liberdade forem parentes, então concordo. Pintar, compor, escrever, dançar, tudo isso requer um mergulho num terreno muito perigoso, o da nossa inconsciência. Lá dentro não existem regras, leis, moral, apenas instinto. Quanto mais domesticada for a nossa irreverência natural, mais dignos e exemplares seremos, e também mais acomodados. Os bonzinhos dão ótimos maridos, mas suas canções, poemas e pinturas raramente valem a pena.

Abril de 1997

Mil vezes Clarice

Em dezembro do ano passado comemorou-se os 20 anos de sua morte. No entanto, Clarice Lispector nunca esteve tão viva nas bibliotecas, salas de aula, cabeceiras e palcos do país. Quem assistiu à peça *Clarice, Coração Selvagem*, encenada na última quinta-feira no Theatro São Pedro e protagonizada por Aracy Balabanian, clone da escritora, entendeu melhor a razão de Clarice Lispector ter se transformado no mito que é.

Perturbadora. Enigmática. Insolúvel. Hermética. Bruxa. Esses são alguns dos adjetivos que não desgrudam do seu nome. Nunca houve uma palavra, dita ou escrita por Clarice, que não funcionasse como um soco no estômago. Nada é fácil em sua obra, cada frase sua merece uma releitura, duas, três, até que a compreensão do que foi dito deixe de doer. No entanto, ela própria achava que escrevia de uma maneira simples, e de fato: para ela o simples escondia-se no hiato que existe entre uma coisa e outra. "Vou agora te contar como entrei no inexpressivo que sempre foi a minha busca cega e secreta. De como entrei naquilo que existe entre o número um e o número dois." Simples e enlouquecedor. Todos nós buscamos definições inatingíveis, que não se deixam capturar pelas mãos e muito menos pelas palavras. Clarice foi quem chegou mais perto.

Vida e obra de Clarice Lispector resumem-se a esta apreensão do instante, daquilo que existe entre o dia e a noite, entre o sim e o não, daquilo que Sartre chamou de "a náusea", daquilo que nos causa insônia e medo, daquilo que nos deixa no limiar da loucura, daquilo que nos faz lembrar que o mundo, afinal, não é assim tão bem costurado. "Não tem pessoas que cosem pra fora? Eu coso pra dentro."

Clarice Lispector é traduzida e estudada no Brasil e fora dele. Seus livros tornaram-se universais porque é universal a sua angústia, a sua maneira de refletir o revés do espelho. Do livro de contos *Laços de Família*: "A vida sadia que levara até agora pareceu-lhe um modo moralmente louco de viver". Qualquer um de nós, num exercício de livre pensar, concordará que as regras impostas pela sociedade, a obediência servil, a lobotomia autorizada com que conduzimos nossas vidas, tudo isso é muito mais demente do que seguir os próprios instintos e tentar iluminar o breu que há dentro de nós. Traduzindo para um exemplo banal: louco é Bill Clinton por obedecer a um desejo transgressor dentro da Casa Branca ou loucos somos nós de dar tanta atenção a um assunto que não nos diz respeito? Clarice Lispector definiria o affair presidencial assim: "Seu coração enchera-se com a pior vontade de viver".

Saber onde fica o norte e o sul, saber se amanhã vai chover, saber a parada do ônibus em que devemos saltar, tudo isso nos dá a falsa sensação de estarmos protegidos. No entanto, estaremos sempre em perigo enquanto soubermos tão pouco sobre nós mesmos. Clarice Lispector, em sua literatura de autoinvestigação, entendeu-se dentro do possível e aceitou-se no impossível. A plateia aplaude por dentro.

Setembro de 1998

Não dançando conforme a música

Outro dia comentei o resultado de um congresso realizado em Madri, em que foi concluído que a maioria das pessoas só é feliz depois dos 35 anos. Especulei que a razão disso talvez fosse o fato de, nessa idade, já termos cumprido as missões impostas no berço (profissão, casamento e filhos) e que a partir daí estaríamos livres para escrever nossa própria história.

Volto ao assunto depois de ver *Dança comigo?*, um filme comovente que retrata um pouco essa situação. É a história de um homem de 40 anos, casado, pai de uma filha, e cuja rotina resume-se a acordar às cinco e meia da manhã, pegar o metrô, trabalhar num emprego burocrático para pagar o financiamento da casa recém-adquirida e voltar à noite para o convívio da família, cansado e sem motivação.

Milhares de homens e mulheres no mundo todo vivem essa rotina acachapante, sentindo-se presos a um projeto de vida que deu certo, mas que segue deixando a sensação de inacabado. O que fazer com o resto de vida que nos sobra? Depois da missão cumprida, é hora de escapar para dentro de si mesmo e descobrir aquilo que aguarda ansiosamente ser transgredido.

O filme se passa no Japão, um país com uma cultura diferente da ocidental. Lá os casais não costumam manifestar afeto em público, e isso inclui dançar juntos. Não pega bem. Pois o personagem do filme, enclausurado no seu cotidiano claustrofóbico, resolve ter aulas de dança escondido da família, atraído por uma bela professora que viu de relance e pela necessidade de dar um sentido à sua vida padronizada. O filme não tem nenhum apelo erótico, nem violência, nem Mel Gibson ou Winona Ryder. É de uma sensibilidade que dispensa dublês e trilhas compostas por Céline Dion. Trata-se da história de um homem iniciando um caso de amor consigo mesmo.

Quando falamos em transgressão, nos vêm à cabeça coisas ilícitas, como usar drogas ou estacionar em local proibido. Transgredir não significa apenas violar a lei, mas ultrapassar as barreiras que nós mesmos nos impusemos. Para o personagem do filme foi aprender a dançar. Para você pode ser aprender a tocar violoncelo depois de se aposentar, passar seis meses purificando-se na Índia, ter aulas de pintura, adotar uma creche, praticar ioga, voar de planador ou morar sozinho depois de uma vida inteira compartilhada. Qualquer coisa que oportunize uma olhada para dentro, que atenda a um impulso espontâneo, que obedeça a algum desejo tão submerso que nem você acreditava que ainda respirasse.

Casamento, filhos e casa própria são uma realização legítima e importante na vida de todo mundo, e pode até ser uma senhora transgressão para quem passou a primeira metade da vida na estrada, dormindo cada noite num lugar e com uma namorada em cada porto. O segredo está em não se obrigar a cumprir um pacto que já prescreveu, em não se manter sempre igual apenas por respeito a uma biografia que foi previamente escrita. Ao menos uma vez é preciso sentir a magia e a doçura de um passo de dança executado fora do compasso.

Novembro de 1998

Pedaços de mulher

Pedro Almodóvar, cineasta espanhol, certa vez justificou sua admiração pelas mulheres declarando que elas eram feitas de muito mais pedaços do que os homens. Li essa declaração na resenha que a revista *Veja* fez a respeito do filme *Tudo sobre minha mãe*, que merece cada elogio que vem recebendo mundo afora.

Todo ser humano é um quebra-cabeça composto por muitas peças, e concordo com Almodóvar: nós, do sexo feminino, fazemos parte daqueles jogos mais complicados, difíceis de montar. Quantos pedaços formam uma mulher? Tantos que ela vive inacabada.

Nossos pedaços custam a se encaixar. O epicentro do quebra-cabeça costuma ser a maternidade, um pedaço grande que precisa combinar com o pedaço da luxúria, com o pedaço da solidão e também com aquela partezinha da preguiça, que ninguém avisou que fazia parte do jogo. Há peças variadas que, vistas separadamente, não têm nada a ver uma com a outra, mas juntas fazem shazam. O pedaço da submissão que precisa encaixar com o pedaço da rebeldia, o pedaço da juventude que tem que encaixar com o pedaço da menopausa, um pedaço desgarrado que tem que encaixar com o imenso pedaço da nossa árvore genealógica, e vários outros pedaços aparentemente sem combinação: nossa parte homem, nossa parte criança, nossa parte louca, nossa parte santa, nossa parte lúcida, nossa parte conivente, nossa parte viciada, e mais aquelas desgastadas pelo uso, e umas que se perderam, e outras tão pequenas que ficaram invisíveis. Como encaixar o que não se revela nem para nós mesmas?

Almodóvar filma as mulheres como se elas fossem pizzas de vários sabores. *Mezzo* freiras, *mezzo* HIV positivas. *Mezzo* doces, *mezzo* apimentadas. *Mezzo* dramáticas, *mezzo* divertidas. Almodóvar nunca fecha o quebra-cabeça, apenas esparrama na tela os vários pedaços que, unidos, nos transformariam num ser único, e que, uma vez pronto, já não empolgaria ninguém. Daí a importância de haver sempre uma peça faltando, pois é isso que nos mantém acordados, assim no cinema como na vida.

Outubro de 1999

O senso da raridade

Não faz 24 horas que li a última página do livro *Longamente*, de Erik Orsenna, e já estou com saudades. É um romance francês que me foi indicado por um amigo e que não resisto a indicar pra você: você que gosta de histórias de amor pouco ortodoxas, você que preza um texto inventivo e extremamente bem-escrito, você que reconhece a dificuldade de se lutar contra as conveniências, você que se adapta meio contra a vontade a um mundo que oferece opções restritas de comportamento, você que gosta tanto de ler quanto de viver.

Foi neste livro que destaquei, entre tantos trechos definitivos, uma frase que estava aplicada ao amor, mas que se aplica, na verdade, a tudo: "A proximidade do fim dá o senso da raridade". No livro, o risco de o amor acabar deu a um dos amantes a súbita noção de quão raro era aquele sentimento e de como seria impossível desfazer-se da relação. É no amor que mais testamos essa verdade: na iminência da separação, nosso músculo cardíaco convoca às pressas todas as emoções dispersadas e recobra seus batimentos, enquanto manda avisos urgentes ao cérebro: não desista, não desista, não desista.

Vale para o amor, vale para a vida. A proximidade do fim é algo que comove. Outro dia vi uma jovem apresentadora de televisão debulhar-se em lágrimas, ao vivo, por estar gravando o último programa pela emissora em que trabalhava, já que havia assinado contrato com outra. Nenhum arrependimento, nenhuma armação de marketing. Era o senso da raridade se manifestando frente às câmeras, a raridade de ter feito amigos, de ter obtido sucesso, de ter passado por algo verdadeiramente bom.

O senso da raridade sempre nos intercepta na proximidade de uma despedida. Costumamos compreender as coisas tarde demais. Passamos muito tempo ausentes de nós mesmos, anestesiados por um ritmo de vida que parece imutável, até que muda. Não é de se estranhar que seja na velhice que o senso de raridade nos arrebate: a raridade de poder caminhar sem amparar-se em ninguém, de poder enxergar o mar sem o embaçamento da vista, de pronunciar a palavra futuro sem constrangimento.

É da raridade de estar vivo que trata o livro *Longamente*. Da duração eterna dos grandes amores, da duração das amizades, da duração de nossas convicções e da nossa esperança, de tudo o que é longo o suficiente para permitir construção e morada, longo o suficiente para ensinar que as advertências da razão sempre serão menos eficientes que o impulso dos instintos.

Julho de 2000

A arte maior

Dificilmente alguém não gosta de cinema, de música ou de assistir a um espetáculo. Gostam, mas muitos engolem facilmente tudo o que lhes despejam pela goela. Sendo assim, adianta ter este contato insípido com a arte se não há senso crítico?

O que faz com que uma pessoa entenda o que está enxergando e que saiba julgar qualidade é, e sempre será, a leitura. O livro é o combustível que nos conduz às demais manifestações artísticas. Woody Allen disse exatamente isto numa entrevista recente: que a leitura foi o começo da engrenagem que o levou a visitar exposições de arte, ir ao teatro e tudo mais. Aconteceu com ele e acontece com todos. Sem leitura, você até pode ir a museus e recitais, mas o ingresso sempre lhe parecerá muito caro diante do nada que receberá em troca.

Há quem defenda a ideia de que ler livros serve para muito pouco. Até mesmo alguns escritores pensam assim. Oscar Wilde disse certa vez que lia Shakespeare apenas para reconhecer as citações. Há uma forte corrente que acredita que literatura é entretenimento e fim. Eu acredito que literatura é entretenimento também. E a má literatura, nem isso. Mas quando o livro é bem escrito e bem pensado, diversão vira educação.

Eu poderia ter o mesmo pai, a mesma mãe, ter frequentado o mesmo colégio e tido os mesmos professores, e seria uma pessoa completamente diferente do que sou se não tivesse lido o que eu li. Foram os livros que me deram consciência da amplitude dos sentimentos. Foram os livros que me justificaram como ser humano. Foram os livros que destruíram um a um meus preconceitos. Foram os livros que me deram vontade de viajar. Foram os livros que me tornaram mais tolerante com as diferenças. Foram os livros que me deram ânsia de investigar mais profundamente o meu mundo secreto e o de cada pessoa, e isso abriu caminho para eu buscar esse conhecimento também através de Van Gogh e Picasso, de Truffaut e Bertolucci, de Piazzolla e Beatles. E se faço das palavras de Woody Allen as minhas, é porque foi a literatura que me levou até ele também.

A gente circula pela Feira do Livro, vê aquele povaréu de sacolinha na mão e pensa, puxa, como as pessoas leem. São os fiéis da literatura. No entanto, há um número grande de desinteressados que não sente a menor atração pelo que ali se consome. É bem provável que não leiam esta coluna tampouco. Que só leiam o inevitável: os outdoors que encontram na rua, as manchetes que cruzam seus olhos, os textos que a escola ou o trabalho obriga. Cada um escolhe o que lhe é inevitável. Torço pelo dia que seja inevitável a todos saber mais sobre si mesmos, mesmo sabendo que nunca chegarão a saber tudo. Para isso serve a literatura: para incentivar nossa própria perseguição.

Novembro de 2000

Música x comida

Costumo visitar escolas e outras entidades para trocar ideias com estudantes. Mas já recebi outros tipos de convite: certa vez, foi para um encontro à tarde com algumas senhoras que realizariam um chá beneficente. Topei. Às cinco horas em ponto me apresentaram ao grupo e me passaram o microfone. Ao mesmo tempo, três garçons começaram a colocar os bules e os biscoitos na mesa. Estava dada a largada para um dos maiores embates que já enfrentei.

Eram todas senhoras educadas e distintas. Cinco minutos antes, todas se declararam fãs e queriam muito escutar sobre a minha experiência como cronista. Pois bem. Foi aparecer o primeiro amanteigado sobre a mesa e a minha permanência no recinto foi tão percebida quanto um cisco no assoalho. Eu falava sobre poesia e elas se atiravam sobre a geleia de framboesa. Eu contava sobre os benefícios de se trabalhar em casa e as xícaras debatiam-se contra os pires. Enquanto eu narrava a minha aflição por, às vezes, ficar sem assunto, todas demonstravam uma aflição ainda maior por ficar sem adoçante. Na saída, ainda perguntei para a organizadora se ela achava que o grupo havia gostado. Ela me respondeu que claro, estava tudo crocante, uma delícia.

Até hoje me apiedo de pessoas que palestram em reuniões-almoço e de músicos que tocam em restaurantes.

Comida não tem concorrente. Ou se come ou se presta atenção. Semana passada estive numa festa onde centenas de pessoas tão educadas e distintas quanto aquelas senhoras reuniram-se para uma confraternização. E o melhor de tudo: foi anunciado o show da banda Jazz 6, liderada por Luis Fernando Verissimo. Um luxo. Só que, ao primeiro acorde do sax, liberaram o bufê. Adeus, jazz, adeus educação. Era Cole Porter versus filé ao molho madeira, Gershwin versus musse de salmão, Chet Baker versus arroz à grega. A orquestra de talheres e cálices roubou o espetáculo.

Música até combina com bebida, mas com refeição, o ideal é som eletrônico em volume civilizado ou nada. Comovo-me profundamente quando vejo alguém tocar seu violãozinho e cantar qualquer coisa inaudível enquanto o pessoal avança sobre estrogonofes e fricassês: é o auge do desespero profissional. Nem Frank Sinatra conseguiria o silêncio e a reverência de uma plateia a quem, além de ser servida A Voz, fosse servido também camarão ao curry. Ou se tem música ao vivo ou se tem comida ao vivo. Como dueto, é uma desafinação só.

Dezembro de 2000

Qualquer Caetano

Caetano Veloso é a melhor coisa da MPB desde *Alegria, alegria*, e lá se vão mais de trinta anos desde então. Já o vi no palco uma meia dúzia de vezes e sempre tenho a mesma sensação ao sair de seus shows: nada é mais novo que ele. Pode polemizar e dar palpite sobre tudo, que mal há? *Noites do Norte*, espetáculo que passou por aqui no último final de semana, não deixa dúvida: é o cara.

Mesmo com sua inteligência e erudição, Caetano mantém uma simplicidade que às vezes passa por esnobismo, mas é apenas elegância. Com quase 60 anos de idade, rebola e pula, dança e requebra, é estiloso, inventivo e gracioso. Caetano é rock'n'roll e neguinho, é menina e menino, é do norte e do sul, da América e do mundo. Criticá-lo é a maior prova de que a pluralidade irrita muita gente. Seus defeitos, que ele há de ter, são para consumo próprio, não chegam até nós, plateia, que recebemos dele fina estampa e repertório. Reverenciá-lo é chover no molhado, mas segue urgente, pois o tempo passa rápido e não vejo substitutos à vista.

Caetano é político, social, humanista, hedonista, romântico e afinado. E bonito, ainda por cima. Duas horas de Caetano e a gente tem o Haiti, o Havaí e o aqui dentro, lugar onde cabem todos os desejos e incertezas. Caetano é tupi, guarani, inglês e português. Baiano e americano, guitarra e candomblé.

O que mais me atrai numa pessoa, qualquer pessoa, é sua capacidade de fugir dos estereótipos, ser dez em uma, revolucionária e católica, feia e sexy, alienada e esperta, surfista e filósofa. Pessoas coerentes e previsíveis provocam uma admiração relativa e muito sono: gosto das que nos surpreendem e deslumbram, e quanto mais diferentes de nós, melhor. No final das contas, só a estranheza é que nos encanta, a multiplicidade, o mundo todo que cabe numa única vida.

Caetano é um planeta. Terra, água, fogo e ar. Não se trata de tietagem ou subordinação: é justiça. Não é um homem comercial, mas é popular, não é um homem fácil, mas tampouco é complicado. É um homem que rima, que canta o lado inevitável do amor, que transforma latim em gíria e que nos provoca com "um tapinha não dói" só pra ver se a gente ainda cai nesta cilada, e a gente cai. Caetano pode. Seu brilho e energia vêm de gerador próprio.

No final do show, as pessoas que estavam na primeira fila estenderam o braço para cumprimentá-lo. Ninguém o agarrou, o reteve, o constrangeu, ninguém quis um pedaço da sua camisa: queriam apenas apertos de mão. Esta crônica é mais um aperto de mão, sem histerismo, um cumprimento adulto e honesto para um artista que não é qualquer um, nem qualquer caetano.

Agosto de 2001

Mitos

Os Beatles foram a minha Xuxa. Passei a infância ouvindo todos os discos do grupo, acompanhando os raros, inocentes e monocromáticos clipes que passavam na televisão, e também vendo-os no cinema. Naturalmente, tornaram-se um mito para mim, assim como para o mundo inteiro. Então fui ler a célebre entrevista que John Lennon deu para a revista Rolling Stone em 1970, republicada recentemente em livro com o título *Lembranças de Lennon*. E lá está, a nu, um cara prepotente, que desprezava os demais integrantes do grupo, se autoendeusava e era obcecado por não fugir da realidade, ainda que não fizesse outra coisa. Meu ídolo.

A leitura do livro em nada mudou minha admiração pelos Beatles e continuo achando que Lennon foi uma das maiores feras do rock mundial. Sei que na ocasião o músico estava magoado com a reação pública diante de seu casamento com Yoko Ono, que foi considerada o estopim da dissolução da banda, e fez da entrevista um ato de desforra, mas o fez de maneira tão desastrada que é inevitável uma má impressão. Sujeito sincero, idealista, apaixonado, mas com certa vocação para marionete: entregou-se nas mãos dos empresários, nas mãos de Yoko, nas mãos de gurus indianos. Tanto clamou por liberdade, mas parece ter provado pouco desta droga.

É uma impressão pessoal e posso estar equivocada. O que me trouxe para este assunto é que ficou claro para mim que a arte é sempre superior ao artista, e que a angústia deste é igualar-se à imagem que projeta, um desafio desumano e inalcançável. A arte é soberana, o artista é um reles mortal. A arte emociona, o artista resmunga. A arte é única, e o artista tem os mesmos defeitos que a gente.

Uma atuação no palco sempre será mais digna do que uma briga de bar, uma letra de música sempre comoverá mais do que uma conversa por telefone, um bom quadro vale mais do que uma polaroide. A arte transcende, e o artista que tenta levar esta transcendência para seu dia a dia torna-se patético, vira personagem de si mesmo. Artistas comem omelete, vão ao banheiro, espirram, têm medo de assalto. E só são felizes quando não colocam em atrito sua genialidade com sua desoladora humanidade.

Gostei da entrevista de Lennon nas partes em que ele opina sobre o rock, quando ele diz que é uma música que agrada porque é primitiva e não tem embromação, mexe com as pessoas, permite que a gente usufrua do nosso corpo, é pulsante, real. Exatamente por essas razões, o rock é meu gênero musical preferido. Mas quando ele fala dos Beatles, especificamente, volta a brigar consigo mesmo, fica tenso, como se buscasse dar à sua vida o mesmo status da sua arte. Passa a renegar os Beatles para poder ter vida própria. Luta para que, ao tornar-se um ex-beatle, não vire um ex-alguém.

Lennon foi assassinado dez anos depois da entrevista, aos 40 de idade. É um ícone, e seria mesmo que estivesse vivo e compondo mantras no topo do Himalaia.

Entrevistas não importam nada, apenas satisfazem nosso voyeurismo. A arte é o que conta, é o que fica, é o que não morre, e o artista nunca é páreo pra ela. Os discos dos Beatles ora confirmam a entrevista de John Lennon e ora a desmentem. Na dúvida, fico com a versão musical dos fatos.

1º de agosto de 2001

Janela da alma

Dos cinco sentidos, a visão, para mim, sempre foi soberana. Eu poderia perder tudo: audição, olfato, tato e paladar, desde que mantivesse a função dos olhos. O problema é que, nos dias que correm, já não sabemos direito que função é essa.

Há muita oferta para nossas retinas. Prédios são construídos de um dia para o outro: retira-se o tapume e voilà. Cartazes publicitários cobrem a cidade. Gente à beça na rua, passando umas pelas outras sem se ver. Por todo canto, lojas, shoppings, camelôs. A poluição sonora também provoca uma certa miopia: barulho demais embaralha a vista. Dentro de casa, dezenas de canais de televisão. Toda espécie de revista. Jornais. Sites na internet. O telefone toca e do outro lado há gente oferecendo cartões de crédito e planos de saúde. Se saio de carro sou abordada no sinal por distribuidores de folhetos imobiliários e de anúncios de galeterias. Quando eu quero uma coisa só, sempre há um leque de opções a escolher e um monte de gente para consultar.

Mas eu quero uma coisa só.

Quero foco. Quero restrição, como diz Wim Wenders no imperdível documentário *Janela da alma*. Se você acredita que ainda é possível enxergar uma vida diferente desta que nos empurram goela abaixo, não deixe de assistir, caso volte a entrar em cartaz.

O documentário mostra depoimentos de pessoas que têm algum problema de visão ou que estão totalmente cegas. É um ensaio sobre a cegueira (aliás, José Saramago está entre os depoentes), mas não só da cegueira concreta, e sim da cegueira abstrata, a cegueira da mente e dos sentimentos.

Que mundo é esse que nos oferta tanta coisa, mas não oferece nada do que precisamos realmente? Que maravilha de sociedade é essa que nos entope de porcaria na televisão, que nos dá a ilusão de termos tantos amigos, que sugere termos tanto conforto e informação, quando na verdade a quantidade é virtual e o vazio é imenso? A palavra simplicidade foi a primeira a desaparecer do nosso campo de visão. Saiu o simples, entrou o pobre. Pobre de espírito, pobre de humor, pobre de sensibilidade, pobre de educação. Podemos até estar enxergando direito, mas nossos pensamentos e atitudes andam desfocados.

Sinto como se estivéssemos sofrendo um sequestro relâmpago. Viramos refém desta doença de ter que consumir desenfreadamente, de só dizer sim para o que é comercial e está na moda. *Janela da alma* nada mais é do que uma tentativa de resgate, do nosso resgate. Se você não se emocionar, saia do cinema direto para o oftalmologista.

7 de agosto de 2002

Desejo e solidão

Se existe uma coisa que me faz ganhar o dia é ler um livro que bagunça as minhas entranhas. O último que conseguiu tal feito foi *Uma desolação,* de Yasmina Reza, editora Rocco. É um monólogo de um ancião. Ele fala a um filho que não interage, apenas escuta.

Há muitos argumentos para a desolação do personagem. Ele sente-se excluído do futuro e acredita que nada é real, a não ser o momento. Revela que, a partir de certa idade, tudo dá na mesma. Que as pessoas gastam inutilmente seu tempo se ocupando. Que depois da juventude trocamos paixão por ponderação, o que é um crime. E que a única coisa que existe é desejo e solidão. Foi aí que minhas entranhas acusaram o golpe.

Como eu disse antes, o personagem é um velho sem muito tempo de vida fazendo um inventário de suas perdas e ganhos. É nesta contabilidade que sobram apenas o desejo e a solidão: tudo o mais lhe parece descartável. Não é uma visão oba-oba da vida, ao contrário, é uma análise cirúrgica, nossa alma a olho nu.

Desejamos um lar, uma profissão, ter amigos. São as coisas que nos ensinaram a desejar, projetos socialmente aprovados. Mas o desejo tem vontade própria, é longevo e não se esgota no cumprimento de metas. Nosso desejo é secreto, e sabemos muito bem que é ele e só ele que nos move.

"Não existe nada mais triste, mais sem graça que a coisa realizada", diz o personagem. Esta deve ser a grande angústia da idade avançada: mesmo tendo tido uma vida intensa e gloriosa, isso não basta. É preciso manter a ilusão pulsando, um alvo adiante, a perseguição contínua, para não sermos sepultados antes da hora.

O desejo é um leão. Selvagem, carnívoro, brutal. Não permite acomodação: nos faz farejar, caçar, brigar pelo nosso sustento emocional. O desejo nos transpassa, nos rouba o sono, confunde o pensamento lógico. O desejo corrompe nosso bom comportamento, faz pouco caso da nossa índole irretocável. O desejo não tem pátria nem família, o desejo não tem hora nem tem verbo, o desejo ruge, nosso corpo é sua jaula.

Mas a gente se acomoda e anestesia o leão em nós. Resta a jaula vazia. Já nenhum risco nos ameaça, nenhuma surpresa nos aguarda. *Uma desolação*, chama-se o livro.

18 de agosto de 2002

Homens e cães

Quem me conhece sabe que não sou exatamente a melhor amiga do cão. Nada contra, mas nada exageradamente a favor. No entanto, me interesso pelo dito cujo como personagem literário. Nos últimos tempos, Jack London tentou, com relativo sucesso, vencer minha resistência ao mundo canino, mas quem conseguiu plenamente foi Peter Mayle em *Memórias de um cão* (o narrador, um vira-lata irônico, diz que os filhos é que são os substitutos dos cães, e não o contrário). Lembro de ter ficado enternecida com Achado (tem meu voto para melhor nome de cusco), criado por José Saramago para humanizar ainda mais sua obra-prima *A caverna*. E agora acabo de ler *Da dificuldade de ser cão*, de Roger Grenier, que sonda os mistérios que ligam cães e seres humanos, e que me fez pensar, por alguns parcos segundos, se não está na hora de eu adotar um.

O que mais gostei do livro foi uma declaração óbvia, simples e absolutamente verdadeira: cães com utilidade (como os cães de caça, cães farejadores, cães que puxam trenós) na verdade possuem uma utilidade ínfima perto da utilidade que tem um cão que não serve para coisa alguma. Perceba a sutileza: quem não serve para nada serve unicamente para se amar.

O livro cita (e como cita) inúmeros filmes e livros que têm a cachorrada como protagonista e discute temas importantes, como a pureza do amor, assunto que sempre me cativou. O que é um amor puro? É o amor que não espera nada em troca, é o amor que não se projeta adiante, que nada constrói, ou seja, não é o amor entre um homem e uma mulher que casam e formam família. Estes até são impulsionados pelo amor, mas o amor é apenas o ponto de partida para uma ambição maior: a articulação de um futuro. Já amar um cachorro, diz o livro, é como amar um amante: o futuro inexiste, só o presente é que conta, não há intenções encobertas, apenas o dar e receber gratuito, o prazer renovado a cada dia, sem interferências de qualquer espécie.

Se eu não morasse em apartamento, já teria um labrador. Prefiro cachorros graúdos aos micrototós. Mas não importa o que eu prefiro ou deixo de preferir: moro em apartamento e por enquanto não se cogita um novo inquilino. O que tem me preocupado é a razão deste meu súbito e inesperado interesse pelos seres de quatro patas. O livro desvenda: o amor aos cães costuma ser acompanhado por uma certa perda de confiança no homem.

2 de outubro de 2002

Intimidade

Se alguém perguntar o que pode haver de mais íntimo entre duas pessoas, naturalmente que a resposta não será sexo, a não ser que não se entenda nada de intimidade, ou de sexo.

Pré-adolescentes, ainda cheirando a danoninho, beijam três, sete, nove numa única festa e voltam para casa tão solitários quanto saíram. Dois estranhos transam depois de uma noitada num bar – não raro no próprio bar – e despedem-se mal lembrando o nome um do outro. Quanto mais rápidos no ataque, quanto mais vorazes em ocupar mãos, bocas e corpos, menos espaço haverá para a intimidade, que é coisa bem diferente.

O filme *Encontros e desencontros* me recordou uma expressão antiga que a gente usava quando queria dizer que duas pessoas haviam feito sexo: "dormiram juntos". Era isso que determinava que a relação era íntima. O que o casal havia feito antes de pegar no sono ou ao acordar não era da nossa conta, ainda que a gente desconfiasse que ninguém havia pregado o olho. Se Fulano havia dormido com Sicrana, bom, era sinal de que havia algo entre eles. Hoje a gente diz que Fulano comeu Sicrana e isso não quer dizer absolutamente nada.

Encontros e desencontros mostra a perplexidade de dois americanos no Japão – e a vivência profunda de sentir-se um estrangeiro, inclusive para si mesmo. Chega a ser previsível que a cena mais caliente do filme não seja a de um beijo e suas derivações, e sim a cena em que o casal de protagonistas está deitado na mesma cama, ambos vestidos, conversando sobre a vida, quando o cansaço e o sono os capturam. Ninguém apaga a luz, ninguém tira a roupa, ninguém seduz ninguém, eles apenas sentem-se à vontade para entrar juntos num estado de inconsciência, que é o momento em que ficamos mais vulneráveis e desprotegidos. Para não dizer que faltou um toque, Bill Murray pousa a mão no pé de Scarlett Johansson antes de dormir profundamente. Poucas vezes o cinema mostrou cena tão íntima.

Enquanto isso, casais unem-se e desunem-se numa ansiedade tal que parece que vão todos morrer amanhã. Não há paciência para uma troca de olhares, para a descoberta de afinidades, e muito menos para deixar a confiança ganhar terreno. O que há é pressa. Uma necessidade urgente de quebrar recordes sexuais, de aproveitar a vida através de paixões quase obrigatórias, forjadas, que não são exatamente encontros, mas desencontros brutais. Meio mundo está perdido em Tóquio.

21 de março de 2004

Dar-se alta

Nada como não ter grandes esperanças para também não ter grandes frustrações. Todos diziam que o novo filme do Woody Allen era fraco e repetitivo, mas sempre acreditei que um fraco Woody Allen ainda é melhor do que muita coisa considerada boa por aí. Então lá fui eu para o cinema conferir *Igual a tudo na vida* e, não sei se devido à baixa expectativa ou ao meu entusiasmo incondicional pelo cineasta, saí mais do que satisfeita: não considerei o filme fraco coisa nenhuma.

Fraco achei o ator protagonista. Inexpressivo. Quase comprometedor. Fora isso, foi uma delícia ver Woody Allen jogar a toalha, reconhecer que a busca pelo sentido da vida é uma tarefa cansativa e infrutífera e que todo mundo vive as mesmas angústias, do intelectual ao motorista de táxi. Extra, extra! Woody Allen se deu alta!

É verdade que *Igual a tudo na vida* remete a situações já mostradas em seus outros filmes, mas era esse mesmo o propósito. Woody Allen faz o papel de um escritor veterano que dá dicas para um escritor amador, que não passa dele mesmo, anos antes. Não foi preciso escalar para o papel alguém com semelhanças físicas e os mesmos trejeitos: a angústia existencial do jovem Falk basta para identificá-lo como um Woody Allen Júnior em busca de libertação. E o que é libertação? Fala o veterano: "Quando alguém lhe der um conselho, você diga que é uma excelente ideia, mas depois faça apenas o que quiser". Tem lógica. Quem é que pode adivinhar o que se passa dentro de nós? Não compensa preservar relações por causa de culpa, ficar imobilizado, temer consequências. Vá lá e faça o que tem que ser feito. Sozinho. Porque é sozinho que estamos todos, afinal.

Ou seja, nada que Woody Allen já não venha há anos discutindo em sua obra, mas agora tudo me pareceu mais leve e menos intelectualizado, até o restaurante que Allen costuma usar como locação mudou, sai o abafado Elaine's, entra o arejado Isabella's.

É claro que os filmes da fase neura eram mais ricos, é claro que uma vida de questionamentos tem mais consistência do que uma vida resignada, e é claro que o Elaine's tem alma, e o Isabella's não. Mas a passagem dos anos e a proximidade da morte reduzem bastante esse orgulho que temos em ser profundos e diferenciados.

Todas as criaturas do mundo estão no mesmo barco procurando amor, sexo, reconhecimento, segurança, justiça e liberdade. Algumas coisas iremos conquistar, e outras não, e pouco adianta deitar falação, porque seremos para sempre assim: sonhadores, atrapalhados e contraditórios. Jamais teremos controle sobre os acontecimentos. A sutil diferença é que, se em seus filmes anteriores Woody Allen parecia dizer "não há cura", agora ele parece dizer "não há doença".

Eis a compreensão da natureza humana, acrescentada por uma visão bem-humorada e madura do que nos foi tocado viver. Leva-se tempo para aprender a não dramatizar demais as situações. Dar-se alta é reconhecer, com alívio, que o que parecia doença era apenas uma ansiedade natural diante do desconhecido. Só quando aceitamos que o desconhecido permanecerá para sempre desconhecido é que a gente relaxa.

28 de agosto de 2004

Kafka e os estudos

Fui uma aluna, digamos, razoável. Tirava notas boas, passava quase sempre por média, mas era desinteressada. Estudava o suficiente para passar de ano, mas não aprendia de verdade. Bastava alcançar as notas que me aprovariam para, instantaneamente, tudo o que havia sido decorado evaporar da minha cabeça. Não tenho orgulho nenhum em contar isso, me arrependo bastante de não ter prestado atenção pra valer nas aulas e de não saber mais sobre história, em especial. Mas foi assim. E só fui compreender as razões desse meu desligamento há pouco tempo, ao ler *Carta ao Pai*, de Franz Kafka.

Nessa carta (editada pela Coleção L&PM Pocket), ele a certa altura admite que estudou mas não aprendeu nada, apesar de ter uma memória mediana e uma capacidade de compreensão que não era das piores. Considerava lastimável o que havia lhe ficado em termos de conhecimento. Disse mais ainda, e nisso exagerou: que seus anos na escola haviam sido um desperdício de tempo e dinheiro.

Não é para tanto, estudar nunca é um desperdício, mas quando li essa confissão audaciosa eu quis saber mais. Por que isso, afinal? A justificativa: ele sempre teve uma preocupação profunda com a afirmação espiritual da sua existência, a tal ponto que todo o resto lhe era indiferente.

Há em "afirmação espiritual da existência" solenidade demais para descrever a menina que fui, mas era mais ou menos assim que a coisa se dava. O que eu queria aprender de verdade não passava nem perto do quadro-negro. O que me interessava – e interessa até hoje – eram as relações humanas, e tudo de mágico e de trágico que elas representavam numa vida.

Entre os 7 e os 17 anos, eu tinha urgência em estudar o caminho mais curto para ser amada. A escola era como um país estrangeiro. Pela primeira vez eu não estava em casa, nem em segurança. Tinha que aprender como fazer amizades e mantê-las, como demonstrar emoções sem me fragilizar, como enfrentar agressões sem cair em prantos, como explicar minhas ideias sem me contradizer, como ser franca e ao mesmo tempo não ofender os colegas, e nisso gastei infindáveis manhãs e tardes prestando atenção em mim e nos outros – pouco nas lições.

Havia um pátio, havia um bar, havia um portão fechado, havia os banheiros e a biblioteca, e tudo era desafiador. Eu tinha que descobrir em mim a coragem para quebrar certas regras, fumar escondido, namorar. Ficava muito atenta às diferenças entre sabedoria e hierarquia: não era possível que os professores estivessem sempre certos e os alunos, errados. E as matérias me pareciam tão inúteis... Matemática, química e física me eram desnecessárias, eu queria saber sobre teatro, música, filosofia, psicologia, sexo, paixão, eu queria entender o que me fazia ficar zangada ou em êxtase, eu queria aprender mais sobre melancolia, desespero, solidão, eu tinha especial atração pelas guerras familiares e pelas mentiras que sustentam a sociedade, eu queria ter conhecimento sobre ironia, ter domínio sobre o pensamento, entender por que alguns gostavam de mim e outros me esnobavam, lutar contra o que me angustiava. Inocente, queria saber como se fazia para ter certezas. Eu, que tirava nota máxima em bom comportamento, precisava urgentemente que me explicassem o que fazer com o resto de mim, com aquilo que eu não usufruía, a parte errada do meu ser.

"Afirmação espiritual da existência." Da escola saí faz tempo, mas nunca parei de me estudar. E Kafka, quem diria, acabou dando um bom professor.

19 de setembro de 2004

Luz, câmera e outro tipo de ação

Existem filmes de ação com tiroteios, velocidade, cenas multipicotadas, sustos, finais bombásticos, superproduções. De vez em quando, até gosto. Mas os filmes de ação que estão entre meus preferidos são aqueles que, aparentemente, não têm ação nenhuma.

Um bom exemplo é *Antes do pôr do sol*, que dá continuidade ao *Antes do amanhecer* e que finalmente entrou em cartaz. O filme é um bla-bla-blá ininterrupto entre um casal que caminha por Paris e discute a vida e a relação. Filme cabeça ou filme chato, rotule você. Mas não diga que não é um filme de ação.

Medo, suspense, aflição, expectativa: diálogos também provocam tudo isso. Como não se sentir especialmente tocado por uma jovem mulher que admite ter perdido a ilusão do amor e que passou a viver blindada, refratária a qualquer nova relação? Como não se sentir mexido quando um homem admite que casou porque todos casam, que passa 24 horas por dia infeliz e que a única coisa que lhe justifica a vida é o filho de quatro anos? O que pode ser mais mirabolante, impactante, desestabilizador e emocionante do que ver duas frágeis criaturas, um homem e uma mulher predestinados um ao outro, enfrentando a crueza da distância física e do tempo, e a irrealização de seus sonhos? Não se costuma catalogar essas pequenas crises existenciais como filmes de ação, mas elas me prendem na cadeira como nem uma dezena de *Matrix* conseguiria.

Luz, câmera, ação: e então filma-se o silêncio entre um homem e uma mulher que não se veem há nove anos, e então filma-se todas as dúvidas sobre se devem se tocar ou não, se beijar ou não. Então filma-se o papo inicial, cauteloso, até que chega a hora da explosão, dos desabafos, das acusações e do quase choro. Então filma-se o que poderia ter sido – especulações – e o que será daqui por diante – especulações também.

E se o que faz o amor sobreviver for justamente a falta de convivência e rotina? Quem apostaria num amor apenas idealizado? E se a nossa intuição for mesmo a melhor conselheira e não merecer ser desprezada? E se nossas lembranças nos traírem? E se casamento nenhum for mais importante do que um único encontro?

O cinema pode colocar pessoas desafiando a gravidade, cortando o pescoço uns dos outros, fazendo o tempo andar pra trás, e eu não me emocionarei nem ficarei perplexa, mas me dê um pouco de realidade e isso me arrebata.

23 de janeiro de 2005

The Guitar Man

Eu fui criada ouvindo Beatles, Janis Joplin, Rita Lee, Lou Reed e Tina Turner, era minha trilha sonora da infância, o que não impediu que uma aguazinha com açúcar entrasse no meu repertório. Aos 11 anos de idade, minha música preferida era "The Guitar Man", de um grupo chamado Bread, que não chegou a entrar pra história, a não ser pra minha.

Era uma balada bonita, que falava de um músico que estava sempre na estrada mexendo com as emoções daqueles com quem cruzava. *"Who draws the crowd and plays so loud, baby, it's the guitar man..."* e foi o que bastou para esse personagem virar meu príncipe encantado, muito mais do que aqueles loiros em cavalos brancos que entravam mudos e saíam calados dos contos de fada, sempre com ar de sonsos.

Adoro bossa nova, sou louca por jazz, este ano curti com alegria Norah Jones, Jorge Drexler, John Pizzarelli, Madeleine Peyroux, mas nada se compara ao poder eletrizante de um guitarrista clássico, e estou falando da lenda que acabou de se apresentar no Brasil, Buddy Guy, que não tem nada de cool, e sim de incendiário. Nessas horas minha sofisticação vai para o ralo e eu quero mais é... é... sei lá, devo ter sido uma stripper em outra encarnação.

Assisti ao espetáculo do rei do blues em Porto Alegre, onde ele transformou o teatro num estádio de futebol.

Foi arrebatador, celebrou-se o lado mais quente da vida. Os integrantes da banda lidavam com os instrumentos como se eles fossem extensão do próprio corpo, e Buddy, do alto dos seus 69 anos, mostrou que idade é um conceito muito relativo e que tem muito garoto de vinte que precisa de umas liçõezinhas sobre o que é vigor.

A maioria dos gêneros musicais provocam arrepios na alma e no coração, são absorvidos pelos ouvidos e se instalam dentro da gente de forma tranquila e apaziguadora. O blues e o rock, primos-irmãos, não se assentam assim tão facilmente dentro de nós. Eles são assimilados através da pele também, nos reviram, impulsionam, provocam reações físicas mais nervosas, despertam em nós o tarado, o revolucionário, o selvagem, o herege. Já ia esquecendo: a stripper.

Guitarra, bateria, piano, sax, gogó e veneno, tudo misturado, cativam pelo que têm de vibrante e sexy. Já virou clichê dizer que o rock é mais atitude do que música, e se ampliarmos isso para a vida fora do palco, podemos dizer que Elis Regina, por exemplo, foi uma grande roqueira, assim como o jornalista Paulo Francis, que também tinha uma postura muito rock'n'roll, mesmo considerando rock música de jeca e sendo o rei dos eruditos.

O show de Buddy Guy foi, antes de tudo, um workshop: ele saiu do palco várias vezes, circulou por todos os ambientes, misturou-se à plateia, desarrumou-a, seduziu-a, quebrou o protocolo, divertiu e divertiu-se sem parar um único segundo de tocar – e ainda se deu ao luxo de homenagear John Lee Hooker, Jimi Hendrix e Eric Clapton, sem deixar de ser ele mesmo, dono e senhor do seu blues. Por que tudo isso faz bem? Porque o cotidiano anda muito monocórdico, as notícias andam muito repetitivas, e a natureza pulsante da gente, pouco provocada. Bom lembrar que podemos ser viscerais sem nos rendermos à vulgaridade, ser lascivos através do blues e suas guitarras, e ficarmos excitados sem perder a classe.

4 de dezembro de 2005

Vai, vai, vai... viver

Há inúmeras razões para se assistir ao documentário sobre Vinicius de Moraes: para recordar suas músicas, seus poemas, suas histórias e, principalmente, lembrar de uma época menos tensa, em que ainda havia espaço para a ingenuidade, a ternura e a poesia. Entre os vários depoimentos do filme, há um de Chico Buarque dizendo que não imagina como Vinicius se viraria hoje, nesta sociedade marcada pela ostentação e arrogância. E nós? pergunto eu. Nós que nos emocionamos com o documentário justamente por nos identificarmos com aquela alma leve, com a valorização das alegrias e tristezas cotidianas, como conseguimos sobreviver neste mundo estúpido, neste ninho de cobras, nesta violência invasiva? Assistir ao documentário é uma maneira de a gente localizar a si mesmo, trazer à tona nossa versão menos cínica, mais pura, e resgatar as coisas que prezamos de verdade, que são diferentes das coisas que a tevê nos empurra aos berros: compre! pague! queira! tenha!

Vinicius fazia outro tipo de propaganda. Se era para persuadir, que fosse em voz baixa e por uma causa nobre. Num dos melhores momentos do documentário, ele e Baden Powell cantam entre amigos, numa rodinha de violão: "*Vai, vai, vai... amar/ vai, vai, vai... chorar/ vai, vai, vai... sofrer*". É o "Canto de Ossanha" lembrando que a gente perde muito tempo se anunciando, dizendo que faz e acontece, quando na verdade tudo o que precisamos, ora, é viver.

Pois é. Mas detalhe: não vive quem se economiza, quem quer felicidade parcelada em 24 vezes sem juros. Aliás, ser feliz nem está em pauta. O que está em pauta é a busca, a caça incessante ao que nos é essencial: ter paixões e ter amigos. O grande patrimônio de qualquer ser humano, quer ele perceba isso ou não.

Para acumular esses bens, Vinicius seguia um ritual: zerava-se. Começava e terminava um casamento. Começava e terminava outro. Começava e terminava uma vida em Paris, uma temporada em Salvador. Renovava seus votos a cada dia. Se já não se sentia inteiro num amor ou num projeto, simples: ponto final. Tudo isso, diga-se, a um custo emocional altíssimo. O simples nunca foi fácil, muito menos para quem possui um coração no lugar onde tantos possuem uma pedra de gelo. As pedras de gelo de Vinicius estavam onde tinham que estar, no seu cachorro engarrafado, e só. O resto era tudo quente.

Entre sobreviver e viver há um precipício, e poucos encaram o salto. Encerro esta crônica com dois versos que não são de Vinicius, e sim de uma grande poeta chamada Vera Americano, que em seu novo livro, *Arremesso livre* (editora Relume Dumará), reverencia a mudança. *Não te acorrentes/ ao que não vai voltar*, diz ela, provocando ao mesmo tempo nosso desejo e nosso medo. Medo que costuma nos paralisar diante da decisão crucial: *Viver/ ou deixar para mais tarde*.

O poeta espalmaria sua mão direita nas nossas costas (a outra estaria segurando o copo) e diria: vai.

11 de dezembro de 2005

Para que lado cai a bolinha

O filme começa com a câmera parada no centro de uma quadra de tênis, bem na altura da rede. Vemos então uma bolinha cruzar a tela em câmera lenta. Depois ela cruza de volta, e cruza de novo, mostrando que o jogo está em andamento. De repente, a bolinha bate na rede e levanta no ar. A imagem congela. O locutor diz que tudo na vida é uma questão de sorte. Você pode ganhar ou perder. Depende do lado que vai cair a bolinha.

É o início de *Match Point*, o mais recente filme de Woody Allen, que concorre hoje à noite ao Oscar de roteiro original. É uma versão mais sofisticada, mais sensual e mais trágica de outro filme do cineasta, na minha opinião um de seus melhores: *Crimes e pecados*, de 1989. Em ambos, a eterna disputa entre a estabilidade e a aventura, entre render-se à moral ou desafiá-la, o certo e o errado flertando um com o outro e gerando culpa. Onde, afinal, está a felicidade?

Certa vez li (não lembro a fonte) que felicidade é a combinação de sorte com escolhas bem feitas. De todas as definições, essa é a que chegou mais perto do que acredito. Dá o devido crédito às circunstâncias e também aos nossos movimentos. Cinquenta por cento para cada. Um negócio limpo.

Em *Crimes e pecados*, Woody Allen inclinava-se para o pragmatismo. Dizia textualmente: somos a soma de nossas decisões. Tudo envolve o nosso lado racional, até mesmo as escolhas afetivas. Casamentos acontecem por vários motivos, entre eles por serem um ótimo arranjo social – e nem por isso desonesto. E até mesmo a paixão pode ser intencional. No filme, um certo filósofo diz que nos apaixonamos para corrigir o nosso passado. É uma ideia que pode não passar pela nossa cabeça quando vemos alguém e o coração dispara, mas, secretamente, a intenção já existe: você está em busca de uma nova chance de acertar, de se reafirmar. Seu coração apenas dá o alerta quando você encontra a pessoa com quem colocar o plano em prática.

Em *Match Point*, Woody Allen passa a defender o outro lado da rede: a sorte como o definidor do rumo da nossa vida. O acaso como nosso aliado. Se a felicidade depende de nossas escolhas, é da sorte a última palavra. Você pode escolher livremente virar à direita, e não à esquerda, mas é a sorte que determinará quem vai cruzar por você na calçada, se um assaltante ou o Chico Buarque. É a bolinha caindo para um lado, ou para o outro.

Tanto em *Crimes e pecados* como nesse excelente e impecável *Match Point*, fica claro o que todos deveríamos aceitar: nosso controle é parcial. Há quem diga até que não temos controle de nada. Não existe satisfação garantida e tampouco frustração garantida, estamos sempre na mira do imprevisível. Treinamos, jogamos bem, jogamos mal, escolhemos bons parceiros, torcemos para que não chova, seguimos as regras, às vezes não seguimos, brilhamos, decepcionamos, mas será sempre da sorte o ponto final.

5 de março de 2006

Laços

Se o filme é daqueles que as pessoas acampam na frente do cinema um dia antes da estreia, já risco da minha lista. Não vou. Mas se é daqueles que as salas ficam vazias, só uns abnegados enfrentam, é pra mim. Se você fizer parte desse seletíssimo grupo "do contra", então reserve um tempo para assistir *Estrela solitária*, que não é nem nunca será um blockbuster (orçamento de mirrados onze milhões de dólares), mas compensa o preço do ingresso.

Mais uma vez Wim Wenders nos coloca na estrada com personagens outsiders em busca de alguma coisa que está faltando. No caso de *Estrela solitária*, o que falta é, adivinhe, sentido pra vida. A história: depois de muito sexo, drogas e fama, um ator agora decadente abandona um set de filmagens para buscar sabe-se lá o que no meio da aridez norte-americana. Encontra a mãe, primeiro, que não via há trinta anos. Depois encontra um ex-amor e um filho que não sabia que existia. Encontra a si mesmo? Tenta, ao menos.

O filme é um on the road de trás pra frente: em vez de ter buscado a liberdade e um futuro mais aventureiro, o personagem gostaria mesmo era de ter tido laços mais permanentes, ter tido bem menos liberdade e mais comprometimento. Cá entre nós, numa época em que ninguém quer ser de ninguém, um homem que quer ser de alguém é um tema revolucionário.

Não que o filme tenha essa pretensão. O diretor Wim Wenders – aliado ao roteirista e ator Sam Shepard, sempre cool – é econômico e não pretende fazer carnaval nenhum das emoções. Simplesmente mostra poesia onde há poesia, e um pouco de música boa. Em termos de fotografia, o filme é uma pintura. O homenageado é Edward Hopper, o artista que melhor retratou a solidão e o isolamento do ser humano. Não fosse por nada mais, só por certos enquadramentos valeria o filme.

Mas vale por mais. Vale pela cena em que Sam Shepard passa 24 horas sentado num sofá no meio da rua, sem ter para onde ir. Vale pelo jogo de luz e sombras. Vale pela economia de diálogos, pela total falta de frases feitas. Vale para mostrar que personagens fictícios jamais compensarão uma boa vida real.

E vale porque durante duas horas você está dentro de um cinema protegido dessa bandidagem que se tornou nossas vidas, em que roubo de carro é notícia, celular em presídio é notícia, em que só é notícia o macabro. Cinema te recupera um pouco dessa esquizofrenia.

Pode ser que você cochile em alguns momentos, se for muito ligado em filme de ação. Mas vá. Nem que seja pra resgatar o belo e descansar de tanto barulho.

28 de maio de 2006

A janela dos outros

Gosto dos livros de ficção do psiquiatra Irvin Yalom (*Quando Nietzsche chorou*, *A cura de Schopenhauer*) e por isso acabei comprando também seu *Os desafios da terapia*, em que ele discute alguns relacionamentos-padrão entre terapeuta e paciente, dando exemplos reais. Eu devo ter sido psicanalista em outra encarnação, tanto o assunto me fascina.

Ainda no início do livro, ele conta a história de uma paciente que tinha um relacionamento difícil com o pai. Quase nunca conversavam, mas surgiu a oportunidade de viajarem juntos de carro e ela imaginou que seria um bom momento para se aproximarem. Durante o trajeto, o pai, que estava na direção, comentou sobre a sujeira e a degradação de um córrego que acompanhava a estrada. A garota olhou para o córrego a seu lado e viu águas límpidas, um cenário de Walt Disney. E teve a certeza de que ela e o pai realmente não tinham a mesma visão da vida. Seguiram a viagem sem trocar mais palavra.

Muitos anos depois essa mulher fez a mesma viagem, pela mesma estrada, dessa vez com uma amiga. Estando agora ao volante, ela surpreendeu-se: do lado esquerdo, o córrego era realmente feio e poluído, como seu pai havia descrito, ao contrário do belo córrego que ficava do lado direito da pista. E uma tristeza profunda se abateu sobre ela por não ter levado em consideração o comentário de seu pai, que a essa altura já havia falecido.

Parece uma parábola, mas acontece todo dia: a gente só tem olhos para o que mostra a nossa janela, nunca a janela do outro. O que a gente vê é o que vale, não importa que alguém bem perto esteja vendo algo diferente.

A mesma estrada, para uns, é infinita, e para outros, curta. Para uns, o pedágio sai caro; para outros, não pesa no bolso. Boa parte dos brasileiros acredita que o país está melhorando, enquanto a outra perdeu totalmente a esperança. Alguns celebram a tecnologia como um fator evolutivo da sociedade, outros lamentam que as relações humanas estejam tão frias. Uns enxergam nossa cultura estagnada, outros aplaudem a crescente diversidade. Cada um gruda o nariz na sua janela, na sua própria paisagem.

Eu costumo dar uma espiada no ângulo de visão do vizinho. Me deixa menos enclausurada nos meus próprios pontos de vista, mas, em contrapartida, me tira a certeza de tudo. Dependendo de onde se esteja posicionado, a razão pode estar do nosso lado, mas a perderemos assim que trocarmos de lugar. Só possuindo uma visão de 360 graus para nos declararmos sábios. E a sabedoria recomenda que falemos menos, que batamos menos o martelo e que sejamos menos enfáticos, pois todos estão certos e todos estão errados em algum aspecto da análise. É o triunfo da dúvida.

15 de julho de 2007

Show falado

Li a respeito de um recente show do Gilberto Gil em que, depois de muito cantar, ele começou a discorrer sobre a vida antes de encerrar a noite com o bis. Mas parece que a plateia não gostou muito. "Para de falar e canta!" alguns gritaram lá de trás. Gil se irritou, lógico. Quem atura grosseria?

Eu estranho é quando o artista não dá um pio. Entra no palco, canta, canta, canta, dá boa noite e vira as costas. Não que seja obrigatório falar: Chico Buarque, por exemplo, fez um show fantástico aqui no Sesi e só o que se ouviu dele foi um obrigado e duas ou três frases rápidas e tímidas. Nada de um papo com o público. Está no seu direito. Mas prefiro quando o artista abre a guarda e nos seduz com a lábia também. Em geral, são pessoas inteligentes e espirituosas, que com poucas palavras conseguem tornar o ambiente mais aconchegante. Lembro que no último show do Jorge Drexler, em Porto Alegre, ele apresentava cada nova canção fazendo observações deliciosas e com isso garantiu a empatia com os gaúchos. Kleiton e Kledir costumam desfiar um rosário de causos e fazem a plateia gargalhar. Ana Carolina, mais engajada, costuma ler textos dos escritores que admira. Lobão, no Bourbon Country, mostrou que sua rebeldia não o impede de ser engraçado. Semana passada foi a vez de Olivia Byington, no Studio Clio, provar que tudo fica mais simpático quando há proximidade. Seu espetáculo "Cada um, Cada um" é um pocket show intimista, apresentado como se estivesse na sala da casa dela, num espaço para pouca gente. Como boa anfitriã, ela recebe seus convidados com delicadeza e boas histórias. Chega até a compartilhar pequenos tesouros, como uma letra de música escrita a mão pelo poeta Cacaso ou um cartão-postal com a assinatura de Tom Jobim encontrado num mercado de pulgas, relíquias pessoais que ela permite que passem de mão em mão durante o show. Impossível não ficar encantado ao ouvi-la narrar a origem de certas parcerias, a razão da escolha de uma determinada música para constar do repertório, como é conciliar filhos e arte, casamentos e turnês. É quase como se fosse uma entrevista ao vivo, com o artista ali na nossa frente se despindo e enriquecendo uma relação que geralmente é cultivada no mistério e na distância.

Só que há uma condição para isso se dar de forma agradável para todos: nem o artista, nem o público podem ser chatos. Quem está no palco tem que ter consciência de que o motivo principal do encontro são suas canções: o papinho é só um charme extra. Não é hora de contar piada infame, fazer discursos intermináveis, se estender em assuntos desinteressantes. Quanto ao público, que saiba sorrir, aplaudir e usufruir. Nada de pedir "toca Raul" e coisas do gênero.

Gil talvez tenha castigado a plateia com alguma ladainha esotérica, a gente sabe do que o baiano é capaz.

Ainda assim, quem faz música de qualidade geralmente tem uma conversa de qualidade, e nada como quebrar o roteiro burocrático de um show com algum afeto verbal.

22 de agosto de 2007

Capturados

Um dos DVDs mais legais que assisti esse ano foi *A vida por trás das lentes*, documentário sobre a carreira da fotógrafa americana Annie Leibovitz. Tive a oportunidade, também, de ver em Paris a exposição que registra todas as fases de sua trajetória, começando pelas fotos que fazia da família, passando pela fase roqueira (quando foi a principal fotógrafa da revista *Rolling Stone*), até a consagração na *Vanity Fair*. Considero fotografia uma arte, pela capacidade que tem de capturar a alma do fotografado e revelar a nós algo que nosso olho não consegue enxergar.

Lembro que, na minha infância, meu pai não deixava passar um único evento sem fotos: Natal, aniversários, piqueniques na praia. Click, click, click. Ficávamos um tempão parados, meu irmão, minha mãe e eu, três estátuas sorridentes, esperando o momento de ele encontrar o melhor ângulo, o melhor foco, a melhor luz, para então clicar. Máquina digital, naquela época, era coisa da família Jetson.

Também tirei muitas fotos de minhas filhas quando eram pequenas, e guardo inúmeros registros de viagens e de alguns passeios e momentos que não acontecem todo dia. Até aí, tudo dentro de uma certa normalidade, e sou tendenciosa como todos: a gente acha que só a maneira como vivemos é que é normal. Mas o normal evoluiu muito de uns tempos pra cá.

Hoje, com um celular na mão, você documenta partos, tsunamis, incêndios, transas, shows e crimes cometidos bem na sua frente. Inclusive, algum crime por ventura cometido por você.

Me pergunto: se você não documentar suas experiências e emoções, elas deixam de existir? *Você* deixa de existir? Não, mas dá a impressão que sim.

Num surto catastrofista, imagino que em breve deletaremos da nossa memória tudo aquilo que não estiver documentado. Se eu quiser lembrar de uma viagem ou de uma festa, não conseguirei, a não ser que a tenha fotografado e filmado.

O momento em que seu namorado lhe pediu em casamento, aquela caminhada que deu sozinha à beira-mar, o mergulho noturno, o café da manhã na cama enquanto viam um filme do Chaplin, a declaração de amor no meio da estrada – se você não fotografou nada disso, será que aconteceu mesmo? Você ainda consegue lembrar da vida sem a ajuda de aparelhos?

Minhas duas últimas viagens ao exterior foram feitas sem máquina fotográfica ou celular na bagagem. Fui e voltei sem uma única foto, o que para muitos talvez signifique "ela não foi". Mas fui. A vida também acontece sem provas documentais.

Ainda Annie Leibovitz: entre seus inúmeros flagrantes, constam os últimos dias de vida de seu pai e da escritora Susan Sontag, as duas pessoas que ela mais amou.

As fotos de ambos, cada um na sua hora, agonizando, estão na exposição e no DVD. Annie Leibovitz é uma artista e suas lentes são seus olhos, ela não desassocia vida e trabalho, mas admito que senti, mesmo havendo consentimento dos fotografados, uma invasão na intimidade mais secreta de cada um, que é a solidão. Louvável como registro jornalístico, mas desnecessário como despedida pessoal.

Tudo isso para dizer que certas ocasiões ainda me parecem suficientemente fortes para resistirem intactas na nossa lembrança, e apenas nela.

30 de novembro de 2008

Don Mario

Era 1993 e eu recém havia desembarcado em Santiago do Chile, onde iria morar. Por casualidade, cheguei na mesma semana em que se iniciava a Feira do Livro, localizada numa antiga estação de trens. Fui para a Feira sem saber o que procurar. Zanzava sozinha pelos corredores quando de repente percebi uma movimentação: alguém importante chegara, e a multidão não se continha. Aplausos, flashes, autógrafos. Me aproximei. Era Mario Benedetti.

O que eu conhecia da obra do autor uruguaio era insuficiente para entender a razão daquele agito. Mas como eu não procurava por nada específico, aproveitei e comprei alguns livros de poemas daquele senhor que estava sendo homenageado a poucos metros de mim. Pensei: vai ser bom para eu aprender espanhol.

Foi bom para aprender tudo.

Aprender o quanto um único verso pode provocar uma emoção intensa, o quanto a poesia engajada pode falar em nome de todo um povo, o quanto a poesia de amor comove até aqueles que não amam, o quanto a calidez e a simplicidade comunicam, o quanto não é preciso ser rebuscado para ser respeitado, o quanto Drummond estava certo quando disse que é mais importante ser eterno do que moderno.

Daquele ano em diante, devorei tudo dele que me caiu em mãos, e sei que apesar de eu possuir algumas antologias de sua obra, esse tudo ainda é pouco – foram 88 anos de vasta produção.

De sua ficção, destaco *Gracias por el fuego* (a edição brasileira mantém o título em espanhol) e *A trégua*, um relato escrito em forma de diário por um senhor de quase 50 anos em vias de se aposentar – na época em que foi escrito, era o retrato de um matusalém. Hoje, aos 50 anos, os homens ainda surfam. Mas certas coisas não mudam, como o fato de o personagem, um funcionário público de rotina medíocre, solitário, sem maiores planos a não ser o de aguardar o repouso definitivo, se apaixonar quando menos esperava. Não é um tema novo, mas os autores verdadeiramente talentosos não precisam de temas novos.

Mario Benedetti faleceu anteontem, provavelmente aceitando o destino que lhe coube no tempo razoável de quase nove décadas de vida (a morte nunca é razoável, mas vá lá). Apesar de ter passado por alguns momentos difíceis, como o exílio na época da ditadura militar e de viver num mundo sem mais lugar para utopias, nunca deixou de ser um homem comprometido com as causas sociais e com o amor por sua esposa, com quem foi casado por mais de sessenta anos. Duvido que algum dia tenha perdido tempo lamentando não ter seguido outro rumo, a julgar pelas palavras do personagem Miguel, do seu livro *Quem de nós*, com as quais encerro essa minha homenagem. "Mas existe verdadeiramente outro rumo? Na verdade, só existe a direção que tomamos. O que poderia ter sido já não conta."

20 de junho de 2009

Autoajuda

Estava lendo o divertido e charmoso *É tudo tão simples*, de Danuza Leão, quando uma senhora chegou perto, com ar de desprezo, e disse: "Não te imaginava lendo autoajuda". Pensei em responder que Kafka e Tchékhov também são autoajuda: dos eruditos aos passatempos, todo livro escrito com honestidade ajuda. Se bobear, até mesmo embustes tipo "Como arranjar marido" ou "Como juntar o primeiro milhão antes dos 30 anos" ajudam – quer ilusão, toma ilusão.

O psicanalista Contardo Calligaris certa vez afirmou, numa entrevista, que escreve para estimular o leitor a melhorar a qualidade de sua experiência de vida, intensificando-a. E Calligaris realmente consegue esse feito, por isso o leio. Assim como leio e sublinho inúmeras citações do filósofo romeno Cioran, que me ajuda a identificar a miséria humana sob uma ótica extremamente lúcida.

Muito antes de eu descobrir Calligaris e Cioran, tive que descobrir a mim mesma, e Marina Colasanti foi, nesse sentido, minha guia espiritual. Com suas crônicas, abriu minha cabeça para a sociedade que estava se firmando no início dos anos 80, quando as mulheres assumiram um novo papel. Eu não seria a mesma se não tivesse lido seus livros.

Ainda adolescente, Fausto Wolff me deu consciência política, Millôr Fernandes me ensinou a enxergar o reverso do espelho, Verissimo me incentivou a rir de mim mesma, Paulo Leminski me fez ver que poesia não precisava ser um troço chato e Caio Fernando Abreu me apresentou um mundo sem preconceitos. Seria uma ingrata se dissesse que eles não fizeram nada além de me entreter.

Afora esses autores geniais, passei também por livros maçantes que me serviram como ansiolíticos – me ajudaram a pegar no sono. Hermetismo nem sempre é sinônimo de inteligência, profundidade não é privilégio dos deprimidos e mesmo histórias bem escritas podem naufragar se forem pretensiosas.

Michael Cunningham ajuda a manter minha humildade (nem que eu vivesse 200 anos conseguiria escrever algo minimamente parecido com *Ao anoitecer)*, Cristovão Tezza ajuda a controlar minha inveja (que autor, que técnica!) e Dostoiévski me ensina que a fúria é mais produtiva quando transformada em arte. Qualquer tipo de arte, aliás. Música de autoajuda? Existe. Cazuza, por exemplo, já estimulou minha indignação com o país, Ney Matogrosso me faz sentir sensual, Jorge Ben sempre me alegra e Chico Buarque diversas vezes me comoveu, e ficar comovido é de primeira necessidade.

Existe autoajuda para todos os gostos. Tendo ou não esse propósito, nenhum livro merece ser diminuído por ter sido útil.

30 de novembro de 2011

Pulsantes

Assisti à peça *Vermelho*, encenada pelo extraordinário Antonio Fagundes e por seu filho Bruno, que conta uma parte da vida do pintor Mark Rothko, expoente do expressionismo abstrato nos anos 50 e 60. O texto é tão bom que saí do teatro com a cabeça fervendo. Vontade de escrever sobre o dilema entre o que é artístico e o que é comercial, sobre as diferentes maneiras de vermos a mesma coisa, sobre a função da arte abstrata (que nunca me comoveu, mas que a partir da peça passei a dar outro valor) e sobre a desproteção das obras quando expostas (Mark Rothko era hiperexigente quanto à luz das galerias, assim como quanto à distância que o visitante deveria ficar da tela, e por quanto tempo esse visitante deveria observá-la até ser atingido emocionalmente... enfim, um chato, esse Rothko, mas fascinava).

No entanto, como não sou conhecedora de pintura, resolvi destacar aqui outro aspecto da montagem, que diz respeito não só a artistas plásticos, mas a todos os que lidam com criação. Pensando bem, até com os que não lidam.

Muitos entre nós ainda acreditam que trabalho e prazer são duas coisas distintas que não se misturam. O dia, em tese, é dividido em três terços: oito horas trabalhando, oito horas aproveitando a vida (até parece: e as filas? e o trânsito?) e oito horas dormindo. Cada coisa no seu devido lugar. Apenas os artistas teriam a liberdade de subverter essa ordem.

Pois o mundo mudou. O trabalho está deixando de ser aquela atividade burocrática e rígida cuja finalidade era ganhar dinheiro e nada mais. Queremos extrair prazer do nosso ofício, seja ele técnico, artístico, formal, informal. O conceito de estabilidade perdeu força, as hierarquias já não impressionam. A meta, hoje, é aproveitar as novas tecnologias e as oportunidades que elas oferecem. Atuar de forma mais flexível, autônoma e motivada. Trocar o "chegar lá" pelo "ser feliz agora". Ou seja, amar o trabalho do mesmo jeito que se ama ir ao cinema, pegar uma praia e sair com os amigos.

Rothko respirava trabalho, e considerava que estava igualmente trabalhando quando lia Dostoiévski, quando filosofava, quando caminhava pelas ruas, quando amava, quando dormia, quando conversava. Defendia a vida como matéria-prima da inspiração, sem regrar-se pelo horário comercial. Não se dava folga – ou folgava o tempo inteiro, depende do ponto de vista. Quando não estava pintando, estava alimentando sua sensibilidade, sem a qual nenhuma pintura existiria. Nos anos 50, só mesmo um artista poderia viver essa fusão na prática. Depois que cruzamos o ano 2000, porém, é uma tendência que só cresce, em todas as áreas profissionais: nas que existem e, principalmente, nas que estão sendo inventadas.

Como pintor, Mark Rothko valeu-se de uma vasta cartela de cores, mas expressou-se magistralmente em vermelho – na verdade, ele *viveu* em vermelho. Paixão, sangue, vinho, pimenta, calor, sedução. Ele sabia que essa era a cor que pulsava. E segue moderno, pois, como ele, são os pulsantes que estão fazendo a diferença.

12 de dezembro de 2012

Fé e equilíbrio

Prometa não sofrer

Círio de Nazaré, dia de Nossa Senhora Aparecida, dia de Nossa Senhora do Caravaggio: hora de cumprir promessa. Fico perplexa diante dessas pessoas que carregam nos ombros uma vela de dois metros de altura para agradecer um emprego, pessoas que sobem trezentos degraus de joelhos para agradecer a volta de um filho pródigo, pessoas que caminham vários quilômetros sob o sol forte por sentirem-se devedoras de uma graça alcançada. Sofrem esses fiéis. São reféns da própria fé. Acreditam mais nela do que em médicos e em currículos. Creem estar recebendo favores do além e pagam com penitência.

    Aprendemos desde cedo que a promessa, para ter algum valor, tem que nos fazer abdicar de algo que gostamos muito. Em escala bem menor de drama, muitas garotas já prometeram ficar uma semana sem tomar refrigerante caso um determinado carinha ligasse no sábado. Rapazes prometem ficar sem ver futebol na tevê se passarem no vestibular. Mulheres prometem ficar uma semana sem ver novela se o contrato do aluguel for renovado. Homens prometem subir pela escada em vez de subir pelo elevador se conseguirem uma promoção. Sofrimentos mais urbanos e menos trabalhosos, mas, ainda assim, punições.

    Outro dia, lendo uma entrevista com o ator José Dumont, fechei com ele: promessa tem que ser para o bem, não para o mal. Em tom de brincadeira, ele disse que, para conquistar o que quer, promete que vai passar o dia sorrindo, promete que vai dizer bom dia para todos que cruzarem na sua frente, promete que vai tratar bem de si mesmo. Gênio.

A religião católica tem na culpa seu maior alicerce, e o rito das promessas é a maior prova de que, sob os olhos de Deus, não somos merecedores da felicidade, ao menos não de uma felicidade gratuita. Não por acaso, muitas pessoas que estão de bem com a vida escondem esse estado de espírito com medo de um tal olho gordo que juram que existe. A felicidade é, subliminarmente, condenável. Ao almejá-la, fica acertado que se pagará muito caro por ela, se não em cash, ao menos em bolhas nas mãos e calos nos pés.

Agradecer com orações é uma coisa. Agradecer com esfoliações, outra. Eu prefiro agradecer ouvindo música, procurando os amigos, levando as situações com bom humor, cumprindo minhas responsabilidades, dormindo tranquila, lendo poemas, fazendo ginástica. Agradeço usufruindo a saúde que recebi, e não entregando-a feito um dízimo cobrado de todos os que têm seus sonhos atendidos. Ser infeliz, sim, é que devia ser pecado.

Setembro de 1999

Os segredos de Fátima

Francisco, Jacinto e Lúcia eram três crianças em 1917, quando Nossa Senhora apareceu e conversou com eles. Eu teria tido um ataque cardíaco fulminante, mas os pastorezinhos portugueses mantiveram a serenidade e ouviram as previsões da santa, que, como toda previsão, carecia de objetividade. Por algum mistério que ainda não me foi revelado, anjos, santos e profetas não formam frases com sujeito, verbo e predicado e muito menos com sentido. Tudo fica no terreno das abstrações. A profecia apresenta-se como um enigma a ser decifrado, de preferência com bastante dificuldade, por aqueles que se dispuserem a interpretá-la. Em vez de falar, com todas as letras, em Segunda Guerra Mundial, fala-se em "visão do inferno", que igualmente serviria como metáfora para o Holocausto ou a chacina no Carandiru. Não encontro razão para avisar três crianças de que um Papa sofreria um atentado no futuro, mas se era preciso, então que fosse dito simplesmente: "O Papa João Paulo II, em 1981, vai levar um tiro, mas vai ficar bom". Só que isso é linguagem de vidente de circo. Avisos celestes requerem certa solenidade. "Um bispo de vestes brancas" deixa a coisa mais poética e mais intrigante.

    Peço perdão por brincar com o sagrado e já aviso que a ideia de fazer um retiro espiritual para me reencontrar com Deus, o que muitas vezes já me foi sugerido, está fora de cogitação, até porque eu e Deus estamos juntos e bem, tanto que ele me permite que eu o trate por você e mantenha minhas incertezas.

 Não acredito em estátuas que choram ou em paralíticos que saem caminhando instantaneamente sem a ajuda nem mesmo de uma aspirina. Em visões e aparições, acreditaria, desde que fossem menos ritualistas. Discos voadores só aparecem no meio de um deserto ou de uma chapada, nunca cruzam o céu sobre o centro da cidade na hora do almoço. E nossos mortos só aparecem sentados em poltronas de couro na biblioteca de um casarão, nunca na salinha de tevê de um apartamento.

 Em contrapartida, acredito em coisas que a maioria das pessoas já não acredita. Acredito que o amor transforma homens e mulheres, acredito na extraordinária e espantosa manifestação da natureza, acredito na boa índole das pessoas, acredito que o pensamento positivo pode nos ajudar a alcançar objetivos terrenos e espirituais, acredito no resultado do trabalho feito com honestidade e responsabilidade, acredito que é possível se comunicar sem palavras, acredito que cada um cria dentro de si a própria religião e traz no peito um Deus que prescinde de intermediários e propaganda. O único milagre é estar vivo. O resto está sujeito à incredulidade ou à devoção, conforme a fé de cada um.

Maio de 2000

Mundo interior

A casa da gente é uma metáfora da nossa vida, é a representação exata e fiel do nosso mundo interior. Li esta frase outro dia e achei perfeito. Poucas coisas traduzem tão bem nosso jeito de ser como nosso jeito de morar. Isso não se aplica, logicamente, aos inquilinos da rua, que têm como teto um viaduto, ainda que eu não duvide que até eles sejam capazes de ter seus códigos secretos de instalação.

No entanto, estamos falando de quem pode ter um endereço digno, seja seu ou de aluguel. Pode ser um daqueles apartamentos amplos, com o pé-direito alto e preço mais alto ainda, ou um quarto e sala tão compacto quanto seu salário: na verdade, isso determina apenas seu poder aquisitivo, não revela seu mundo interior, que se manifesta por meio de outros valores.

Da porta da rua pra dentro, pouco importa a quantidade de metros quadrados e, sim, a maneira como você os ocupa. Se é uma casa colorida ou monocromática. Se tem objetos adquiridos com afeto ou se foi tudo escolhido por um decorador profissional. Se há fotos das pessoas que amamos espalhadas por porta-retratos ou se há paredes nuas.

Tudo pode ser revelador: se deixamos a comida estragar na geladeira, se temos a mania de deixar as janelas sempre fechadas, se há muitas coisas por consertar. Isso também é estilo de vida.

Luz direta ou indireta? Tudo combinadinho ou uma esquizofrenia saudável na junção das coisas? Tudo de grife ou tudo de brique?

É um jogo lúdico tentar descobrir o quanto há de granito e o quanto há de madeira na nossa personalidade. Qual o grau de importância das plantas no nosso habitat, que nota daríamos para o quesito vista panorâmica? Quadros tortos nos enervam? Tapetes rotos nos comovem?

Há casas em que tudo o que é aparente está em ordem, mas reina a confusão dentro dos armários. Há casas tão limpas, tão lindas, tão perfeitas que parecem cenários: faz falta um cheiro de comida e um som vindo lá do quarto. Há casas escuras. Há casas feias por fora e bonitas por dentro. Há casas pequenas onde cabem toda a família e os amigos, há casas com lareira que se mantêm frias, há casas prontas para receber visitas e impróprias para receber a vida. Há casas com escadas, casas com desníveis, casas divertidamente irregulares.

Pode parecer apenas o lugar onde a gente dorme, come e vê televisão, mas nossa casa é muito mais que isso. É a nossa caverna, o nosso castelo, o esconderijo secreto onde coabitamos com nossos defeitos e virtudes.

Junho de 2000

Proteção à vida

É sempre complicado falar de assuntos que envolvem religião, pois ninguém costuma ser muito cerebral nessa hora. A religião pela qual fui orientada, o catolicismo, defende a vida acima de tudo, e eu me pergunto, sem rebeldia, apenas usufruindo da minha capacidade de questionar: se acima de tudo significa acima do sofrimento, não estarão querendo nos pegar para Cristo?

Merece reflexão a aprovação do projeto de lei que legaliza a prática da eutanásia na Holanda, que passa a ser o primeiro país do mundo a autorizar o suicídio assistido de enfermos que sofrem dores insuportáveis e cuja doença é irreversível. Não me parece crueldade, não me parece assassinato: me parece proteção à vida, como a Igreja prega, só que sob outro ponto de vista.

Que vida há para alguém num leito de hospital, com diagnóstico de câncer terminal, sem esperança de reversão de quadro e com sofrimento físico intenso? Importante: sofrimento físico intenso. Não estou falando de alguém resignado diante do destino, que ainda pode ler, conversar com seus familiares e trocar afeto. Estou falando de alguém fora do ar, relacionando-se apenas com a morfina. Se esta vida já não serve a seu proprietário, a quem poderia servir? Que bondade é esta de perpetuar um calvário à espera de um milagre? São perguntas difíceis, mas se rompermos laços com a hipocrisia, admitiremos que a confirmação da morte de alguém que está morrendo um pouco a cada dia, e que sofre desesperadamente, só traz alívio. E economia também, apesar de isto não valer como argumento.

Eu não acho que a Holanda seja o melhor lugar do mundo para se viver (ou morrer), mas admiro sua postura de enfrentamento da verdade. Depois de dez anos de debates (não são decisões irrefletidas), os holandeses regulamentaram a prostituição, tornando-se também o primeiro país do mundo onde as prostitutas vão ter os mesmos direitos e deveres trabalhistas de qualquer cidadão, gerando com isso mais impostos e combatendo a exploração de menores e mulheres estrangeiras. Quanto às drogas, a tolerância já vem de mais tempo: se é boa ou ruim, não sei, só sei que lá não há a criminalidade que existe na Colômbia, na Bolívia e no Brasil, onde traficantes é que governam.

Abaixo da linha do Equador temos outras prioridades: medicamentos que não sejam falsificados, médicos nos plantões, fim de filas, de senhas, de aglomerações em corredores de hospitais. Pessoas idosas ainda morrem de gripe por falta de atendimento, então não precisamos de lei que regulamente a eutanásia, e sim de uma lei que regulamente a saúde. Mas, posto isso, vale refletir sobre o que é que verdadeiramente importa: proteger a vida até sua extinção respiratória ou protegê-la até a extinção de sua dignidade.

Dezembro de 2000

Avec élégance

A maioria das pessoas que tem acesso à informação sabe que é inadequado usar uma blusa de paetês durante uma entrevista de emprego e que é deselegante comparecer a um casamento sem gravata. Costanza Pascolato, Glória Kalil, Celia Ribeiro, Fernando Barros e Cláudia Matarazzo são alguns dos jornalistas especializados em ajudar os outros a não cometerem gafes na hora de se vestir ou de se portar à mesa. Mas existe uma coisa difícil de ser ensinada e que, talvez por isso, esteja cada vez mais rara: a elegância do comportamento.

É um dom que vai muito além do uso correto dos talheres e que abrange bem mais do que dizer um simples obrigado diante de uma gentileza. É a elegância que nos acompanha da primeira hora da manhã até a hora de dormir e que se manifesta nas situações mais prosaicas, quando não há festa alguma nem fotógrafos por perto. É uma elegância desobrigada.

É possível detectá-la nas pessoas que elogiam mais do que criticam. Nas pessoas que escutam mais do que falam. E quando falam, passam longe da fofoca, das pequenas maldades amplificadas no boca a boca.

É possível detectá-la nas pessoas que não usam um tom superior de voz ao se dirigir a empregadas domésticas, garçons ou frentistas. Nas pessoas que evitam assuntos constrangedores porque não sentem prazer em humilhar os outros. É possível detectá-la em pessoas pontuais.

Elegante é quem demonstra interesse por assuntos que desconhece, é quem dá um presente sem data de aniversário por perto, é quem cumpre o que promete e, ao receber uma ligação telefônica, não recomenda à secretária que pergunte antes quem está falando e só depois manda dizer se está ou não está.

Oferecer flores é sempre elegante. É elegante não ficar espaçoso demais. É elegante não mudar seu estilo apenas para se adaptar ao de outro. É muito elegante não falar de dinheiro em bate-papos informais. É elegante retribuir carinho e solidariedade.

Sobrenome, joias e nariz empinado não substituem a elegância do gesto. Não há livro que ensine alguém a ter uma visão generosa do mundo, a estar nele de uma forma não arrogante. Pode-se tentar capturar esta delicadeza natural através da observação e, aos poucos, ir desenvolvendo em si mesmo a arte de conviver, que independe de status social: é só pedir licencinha para o nosso lado brucutu, aquele que acha que "com amigo não tem que ter estas frescuras". Se os amigos não merecem uma certa cordialidade, os inimigos é que não irão um dia desfrutá-la. Educação enferruja por falta de uso. E, detalhe: não é frescura.

Janeiro de 2001

Espécies em extinção

Mário Covas foi candidato à presidência do país em 1989 e não chegou nem ao segundo turno. Sempre foi um dos homens fortes do PSDB e atualmente governava o estado mais importante da Federação, mas era um nome nacional restrito à área em que atuava. Se não tivesse sido vítima de uma doença gravíssima e não tivesse reagido a ela com a lisura que lhe era costumeira, seria mais um político que, tivesse morrido de bala perdida, não receberia honras muito maiores do que um Anthony Garotinho, governador do Rio de Janeiro.

No entanto, a despedida que o Brasil deu a Mário Covas foi da mesma envergadura das de Elis Regina e de Ayrton Senna, dois ícones nacionais. Que parasse São Paulo, justifica-se, mas seu velório parou o país. Emissoras de televisão tiraram programas de grande audiência do ar para transmitir ao vivo o cortejo fúnebre e os atos de sepultamento. Artistas estiveram no enterro. Foi um acontecimento que superou os limites do que seria razoável para uma pessoa que não era, decididamente, um artista popular. Quem foi o grande homenageado, personificado em Covas? O Brasil reverenciou a dignidade.

Elis Regina, não há duas. Senna, tampouco. Mas homens corretos, capazes de manter um nome limpo durante toda a vida, deveria haver às pencas. Inclusive no meio político. Principalmente no meio político. Falta de decoro deveria ser a exceção à regra: Maluf, um ou dois; Covas, centenas. Mas não sendo assim, a perda de um exemplar valioso da espécie comove e deixa a honestidade ainda mais órfã.

A reação coletiva de desamparo que a morte de Mário Covas provocou é boa e é triste ao mesmo tempo. Boa porque demonstra que o brasileiro ainda reconhece a honradez, mesmo não convivendo muito com ela. E triste pelo mesmo motivo: não perdemos alguém que tinha uma voz única, como Elis, ou um talento de campeão, como Senna, mas um homem comum, que agia de acordo com seus princípios, que falava as coisas que pensava, que tinha humildade em reconhecer suas fraquezas e coragem para enfrentar as adversidades: pode isso ser tão raro?

Sabe-se que, em política, integridade é mesmo um luxo para poucos, mas há muito que desisti da ideia romântica de que se trata de puro azar o fato de só os incompetentes serem eleitos para cargos de direção. É falsa ilusão achar que os bons estão do lado de fora, e que se estivéssemos no lugar deles, tudo seria um oásis. De quem é a responsabilidade por uma corja estar no comando, senão dos próprios comandados? Fico pensando em toda aquela gente boa que escreveu cartazes e foi dar uma última espiada no caixão de Covas, como se estivessem se despedindo de uma espécie em extinção: quantos de nós, ocupando um cargo público que confere extremo poder, que lida com muito dinheiro e que obriga negociações de todos os quilates, manteria a mesma dignidade até o fim? Pergunto isso porque já vi muita gente reclamar do governo em altos brados e, ao receber um troco a mais, ficar de biquinho bem fechado. De quem nos despedimos? Espero que não tenha sido de nós mesmos.

Março de 2001

Um deus que sorri

Eu acredito em Deus. Mas não sei se o Deus em que eu acredito é o mesmo Deus em que acredita o balconista, a professora, o porteiro. O Deus em que acredito não foi globalizado.

O Deus com quem converso não é uma pessoa, não é pai de ninguém. É uma ideia, uma energia, uma eminência. Não tem rosto, portanto não tem barba. Não caminha, portanto não carrega um cajado. Não está cansado, portanto não tem trono.

O Deus que me acompanha não é bíblico. Jamais se deixaria resumir por dez mandamentos, algumas parábolas e um pensamento que não se renova. O meu Deus é tão superior quanto o Deus dos outros, mas sua superioridade está na compreensão das diferenças, na aceitação das fraquezas e no estímulo à felicidade.

O Deus em que acredito me ensina a guerrear conforme as armas que tenho e detecta em mim a honestidade dos atos. Não distribui culpas a granel: as minhas são umas, as do vizinho são outras, e nossa penitência é a reflexão. Ave-Maria, Pai-Nosso, isso qualquer um decora sem saber o que está dizendo. Para o Deus em que acredito, só vale o que se está sentindo.

O Deus em que acredito não condena o prazer. Se ele não tem controle sobre enchentes, guerrilhas e violência, se não tem controle sobre traficantes, corruptos e vigaristas, se não tem controle sobre a miséria, o câncer e as mágoas, então que Deus seria ele se ainda por cima condenasse o que nos resta: o lúdico, o sensorial, a libido que nasce com toda criança e se desenvolve livre, se assim o permitirem?

    O Deus em que acredito não é tão bonzinho: me castiga e me deixa uns tempos sozinha. Não me abandona, mas me exige mais do que uma visita à igreja, uma flexão de joelhos e uma doação aos pobres: cobra caro pelos meus erros e não aceita promessas performáticas, como carregar uma cruz gigante nos ombros. A cruz pesa onde tem que pesar: dentro. É onde tudo acontece e tudo se resolve.

    Este é o Deus que me acompanha. Um Deus simples. Deus que é Deus não precisa ser difícil e distante, sabe-tudo e vê-tudo. Meu Deus é discreto e otimista. Não se esconde, ao contrário, aparece principalmente nas horas boas para incentivar, para me fazer sentir o quanto vale um pequeno momento grandioso: um abraço numa amiga, uma música na hora certa, um silêncio. É onipresente, mas não onipotente. Meu Deus é humilde. Não posso imaginar um Deus repressor e um Deus que não sorri. Quem não te sorri não é cúmplice.

Julho de 2001

Coisa com coisa

É considerado normal uma mãe trocar o nome dos filhos, toda mãe troca: chama a Luíza de Roberta e a Roberta de Luíza, o Bruno de Eduardo e o Eduardo de Bruno. Eu faço a mesmíssima coisa, quando vou chamar uma, digo o nome da outra. Nunca me apavorei com essa disfunção porque toda mãe é assim, a minha trocou a vida toda os nossos nomes: inúmeras vezes fui chamada de Fernando.

Só que minha disfunção foi se sofisticando com o tempo. Comecei a trocar também o nome de outras pessoas. A moça que trabalha na minha casa chama-se Clair e uma de minhas grandes amigas, Clarisse. Troco sempre. Justifica-se: são nomes que começam quase igual. Só que eu dei para trocar também Karin por Letícia, Ana por Neca, Suzana por Dorinha, e só não troco o nome do meu marido porque eu me concentro muito antes de pronunciá-lo: por mais que ele saiba desse meu defeito crônico, não convém levantar suspeitas.

Estava levando bem, até que certa vez fui lançar meus livros no Rio. No dia seguinte, de volta a Porto Alegre, havia um e-mail de um leitor me esperando na caixa postal. Dizia: "Gostei muito de conhecê-la pessoalmente, mas acho que você me confundiu com algum amigo seu. Você autografou o livro para Marquinhos. E me chamo Romualdo".

Não era possível que eu tivesse escutado mal o nome do cara: Marquinhos e Romualdo sequer rimam. Resolvi achar graça da história, pedir desculpas e seguir como se nada estivesse acontecendo.

As coisas estavam num nível de anormalidade aceitável, até que um dia eu atendi o telefone dizendo "tchau". Razoável, se eu fosse italiana. Como não é o caso, passei a admitir que sou uma pessoa neurologicamente perturbada.

Hoje o quadro clínico é o seguinte: não digo coisa com coisa. Se quero dizer apoteótico, digo apocalíptico. Se quero dizer remendo, digo remédio. Troco termos prosaicos. Prosaico, aliás, é como chamei outro dia uma taça de prosecco, e eu ainda nem havia começado a beber.

Claro que ainda me resta algum controle. Socialmente, engano bem. Consigo entabular uma conversa sem dar vexame. Mas em casa, livre de qualquer patrulha e avaliação crítica, eu deito e rolo: libero as palavras desencaixadas e reinvento meu próprio português informal. Falar é o que menos me importa. Enquanto eu ainda conseguir escrever coisa com coisa, me sustento.

10 de janeiro de 2003

Bruta flor do querer

Quando era menino, o pintor mexicano Diego Rivera entrou numa loja, numa daquelas antigas lojas cheias de mágicas e surpresas, um lugar encantado para qualquer criança. Parado diante do balcão e tendo na mão apenas alguns centavos, ele examinou todo o universo contido na loja e começou a gritar, desesperado: "O que é que eu quero???".

Quem nos conta isso é Frida Kahlo, sua companheira por mais de 20 anos. Ela escreveu que a indecisão de Diego Rivera o acompanhou a vida toda. Ao ler isso, me perguntei: quem de nós sabe exatamente o que quer?

A gente sabe o que não quer: não queremos monotonia, não queremos nos endividar, não queremos perder tempo com pessoas mesquinhas, não queremos passar em branco pela vida. Mas a pergunta inicial continua sem resposta: o que a gente quer, o que iremos escolher entre tantas coisas interessantes que nos oferece esta loja chamada Futuro? Sério, a loja em que o pequeno Diego entrou chamava-se, ironicamente, Futuro.

O que é que você quer? Múltiplas alternativas. Medicina. Arquitetura. Música. Homeopatia. Casar. Ficar solteiro. Escrever um livro. Fazer nada o dia inteiro. Ter dois filhos. Ter nenhum. Cruzar o Brasil de carro. Entrar para a política. Tempo para ler todos os livros do mundo.

Conhecer a Grécia. Morar na Grécia. Morrer dormindo. Não morrer. Aprender chinês. Aprender a tocar bateria. Desaprender tudo o que aprendeu errado. Acupuntura. Emagrecer. Ser famoso. Sumir.

    O que você quer? Morar na praia. Filmar um curta. Arrumar os dentes. Abrir uma pousada. Recuperar a amizade com seu pai. Trocar de carro. Meditar. Aprender a cozinhar. Largar o cigarro. Nunca mais sofrer por amor. Nunca mais.

    O que você quer? Viver mais calmo. Acelerar. Trancar a faculdade. Cursar uma faculdade. Alta na terapia. Melhorar o humor. Um tênis novo. Engenharia mecânica. Engenharia química. Um mundo justo. Cortar o cabelo. Alegrias. Chorar.

    Abra a mão, menino, deixe eu ver quantos centavos você tem aí. Olha, por esse preço, só uma caixinha vazia, você vai ter que imaginar o que tem dentro.

    Serve.

10 de setembro de 2003

Filosofia de para-choque

Era um sábado à tarde. Eu estava num bairro onde nunca tinha colocado os pés, com um endereço anotado num pedaço de papel, dirigindo meu carro e ao mesmo tempo cuidando as placas de sinalização. Parecia uma barata tonta, não encontrava a rua que queria. Nisso o sinal fechou e eu parei atrás de um caminhão, em cujo para-choque estava escrito: "Não me siga que eu também estou perdido".

Comecei a rir da coincidência, tive vontade de descer e ir até a boleia abraçar meu companheiro de infortúnio. Somos dois, meu irmão. Aliás, somos mais do que dois. Somos muitos. Somos todos.

Para que lado eu dobro se quiser sair deste engarrafamento de emoções, se quiser ter um relacionamento único e estável, um amor que me resgate dos arranques e das freadas súbitas deste meu coração mal regulado? Às vezes dá vontade de encostar o carro e fazer esse tipo de pergunta para o casalzinho apaixonado que está aos beijos na parada de ônibus.

Devo seguir em frente, sempre pelo mesmo caminho? Tenho vontade de entrar numas ruas sem saída, descobrir o que elas escondem, mas e se eu me atrasar, e se eu me perder, e se ninguém der pela minha falta?

Subo a ladeira ou viro à esquerda? No topo da ladeira tem uma surpresa, no caminho à esquerda tem paixões e tudo o que elas acarretam de bom e de torturante na alma da gente, e aqui onde estou tenho segurança, mas estou estacionado, e estacionado eu não ando, eu não corro, eu não vivo, o que é que eu faço, que direção eu pego?

Você aí, saindo da padaria, pode me dizer para que lado fica a juventude eterna?

Com licença, o senhor poderia me indicar o caminho mais rápido para a felicidade?

Garoto, chega aí, você já ouviu falar em paz de espírito? Eu estou perto ou estou longe?

Pé no acelerador e sorte, caríssimos. Não sigam ninguém, que estão todos à procura também.

2004

Maturidade

Uma amiga me escreve um e-mail dizendo-se arruinada, andou fazendo umas besteiras e agora está curtindo uma deprê gigantesca, daquelas de não ter vontade de sair da cama, de se arrumar, de se depilar: "Vou virar uma mulher peluda, bem horrorosa, para homem nenhum me querer, assim não me meto mais em fria!". Respondo com um e-mail divertido e, entre uma gracinha e outra, dou a ela uns conselhos, uns toques de quem até parece que já passou por tudo e viu tudo. Ela, melhorzinha, responde, declarando-se chocada: "Você está nojenta de tão madura!".

Outra amiga me escreve dizendo estar danada da vida com um ex-namorado que, depois de seduzi-la por meses até fazê-la reavaliar uma reconciliação, agora deu para se fazer de gostoso, não atender telefonemas. "Qual é a desse cara? Uma hora quer, outra hora não quer. Vou ficar louca!!!" Sugiro a ela que escolha um motivo mais sensato para ficar louca, ex-namorado que ainda mora com a mãe não compensa o chilique. E rimos. E lembramos da adolescência. E trocamos frases espertas. E ela: "De onde você tirou essa serenidade toda? Não vai me dizer que amadureceu? Putz, é contagioso?".

Por via das dúvidas, melhor não se aproximar, vá que pegue. De uma hora para outra, fiquei assim, lúcida e diabolicamente tranquila. Não que os problemas tenham sumido, mas deixaram de ser coisa de outro mundo. Se antes eu perdia o sono quando a grana encurtava, agora é o seguinte: vai dar. Vai pintar um trabalho extra. Olha que dia lindo lá fora. Dá-se um jeito. E à noite, durmo. Durmo como se estivesse num sarcófago, durmo feito a múmia de Tutancâmon.

Quando eu pisava na bola com alguém – amiga, marido, mãe, empregada –, mergulhava em culpa, considerava a relação perdida, até que me ocorreu uma frase milagrosa para solucionar impasses: "Me desculpe". Funciona que é uma maravilha.

Marido, eu citei marido? Ele anda sobrecarregado de trabalho, cansado, precisando dar um tempo em tudo, quem não precisa? Pois um amigo dele que mora na Espanha o convidou para uma viagem de barco pelo Mediterrâneo, uns quinze dias. O que eu acho da ideia? Ora, acho sensacional, quisera eu. Vá! Vai lhe fazer um bem danado. Deixa que eu fico na retaguarda com as crianças, não ando mesmo ansiosa por viajar e estou atarefada demais para sair. Vá você numa boa.

O pior é que não ando mesmo ansiosa por viajar, eu que antes não pensava em outra coisa, não fechava um ano sem pegar as malas e sumir por uns dias. Não ando, aliás, ansiosa por nada. Desde a hora em que acordo até a hora de ir dormir, a lista de providências a tomar é quilométrica, e dou conta de tudo, e se não dou, paciência. Não deu para ir à academia hoje? Vou quando der. O cabelo está sem corte? Qualquer hora arrumo, o cabeleireiro não vai fugir. Estou com o trabalho atrasado? Sempre dei conta, não vai ser agora que vou estressar. Engordei? Engordei um quilinho. Não deve constar da lista dos pecados mortais. Na alma, que é o que importa, estou esquelética. Leve feito uma pétala.

Fazer o que com tanta maturidade? Chamar um médico, urgente. Isso não é normal.

21 de agosto de 2005

Obrigada por insistir

Até o mais seguro dos homens e a mais confiante das mulheres já passaram por um momento de hesitação, por dúvidas enormes e também dúvidas mirins, que talvez nem merecessem ser chamadas de dúvidas, de tão pequenas. Vacilos, seria melhor dizer. Devo ir a esse jantar, mesmo sabendo que a dona da casa não me conhece bem? Será que tiro o dinheiro do banco e invisto nessa loucura? Devo mandar um e-mail pedindo desculpas pela minha negligência? Nessa hora, precisamos de um empurrãozinho. E é aos empurradores que dedico esta crônica, a todos aqueles que testemunham os titubeios alheios e dizem: vá em frente.

"Obrigada por insistir para que eu pintasse, escrevesse, atuasse, obrigada por perceber em mim um talento que minha autocrítica jamais permitiria que se desenvolvesse."

"Obrigada por insistir para que eu fosse visitar meu pai no hospital, eu não me perdoaria se não o tivesse visto e falado com ele uma última vez, eu não teria ido se continuasse sendo regido apenas pela minha teimosia e pelo meu orgulho."

"Obrigada por insistir para que eu conhecesse Veneza, do contrário eu ficaria para sempre fugindo de lugares turísticos e me considerando muito esperto e com isso teria deixado de conhecer a cidade mais surreal e encantadora que meus olhos já viram."

"Obrigada por insistir para que eu fizesse o exame médico, para que eu não fosse covarde diante das minhas fragilidades, só assim pude descobrir o que trago no corpo e tratá-lo a tempo. Não fosse por você, eu teria deixado este caroço crescer no meu pescoço e me engolir com medo e tudo."

"Obrigada por insistir para eu voltar pra você, para eu deixar de ser adolescente e aceitar uma vida a dois, uma família, uma serenidade que eu não suspeitava. Eu não sabia que amava tanto você e que havia lhe dado boas pistas sobre isso, como é que você soube antes de mim?"

"Obrigada por insistir para que eu deixasse você, para que eu fosse seguir minha vida, obrigada pela sua confiança de que seríamos melhores amigos do que amantes, eu estava presa a uma condição social que eu pensava que me favorecia, mas nada me favorece mais do que esta liberdade para a qual você, que me conhece melhor do que eu mesma, me apresentou como saída."

"Obrigada por insistir para que eu não fosse àquela festa, eu não teria aguentado ver os dois juntos, eu não teria aturado, eu não evitaria outro escândalo, obrigada por ter ficado segurando minha mão e ter trancado minha porta."

"Obrigada por insistir para eu cortar o cabelo, obrigada por insistir para eu dançar com você, obrigada por insistir para eu voltar a estudar, obrigada por insistir para eu não tirar o bebê, obrigada por insistir para eu fazer aquele teste, obrigada por insistir para eu me tratar."

Em tempos em que quase ninguém se olha nos olhos, em que a maioria das pessoas pouco se interessa pelo que não lhes diz respeito, só mesmo agradecendo àqueles que percebem nossas descrenças, indecisões, suspeitas, tudo o que nos paralisa, e gastam um pouco da sua energia conosco, insistindo.

23 de outubro de 2005

A tristeza permitida

Se eu disser para você que hoje acordei triste, que foi difícil sair da cama, mesmo sabendo que o sol estava se exibindo lá fora e o céu convidava para a farra de viver, mesmo sabendo que havia muitas providências a tomar, acordei triste e tive preguiça de cumprir os rituais que normalmente faço sem nem prestar atenção no que estou sentindo, como tomar banho, colocar uma roupa, ligar o computador, sair para compras e reuniões – se eu disser que foi assim, o que você me diz? Se eu lhe disser que hoje não foi um dia como os outros, que não encontrei energia nem para sentir culpa pela minha letargia, que hoje levantei devagar e tarde e que não tive vontade de nada, você vai reagir como?

Você vai dizer "te anima" e me recomendar um antidepressivo, ou vai dizer que tem gente vivendo coisas muito mais graves do que eu (mesmo desconhecendo a razão da minha tristeza), vai dizer para eu colocar uma roupa leve, ouvir uma música revigorante e voltar a ser aquela que sempre fui.

Você vai fazer isso porque gosta de mim, mas também porque é mais um que não tolera a tristeza: nem a minha, nem a sua, nem a de ninguém. Tristeza é considerada uma anomalia do humor, uma doença contagiosa, que é melhor eliminar desde o primeiro sintoma. Não sorriu hoje? Medicamento. Sentiu uma vontade de chorar à toa? Gravíssimo, telefone já para o seu psiquiatra.

A verdade é que eu não acordei triste hoje, nem mesmo com uma suave melancolia, está tudo normal. Mas quando fico triste, também está tudo normal. Porque ficar triste é comum, é um sentimento tão legítimo quanto a alegria, é um registro da nossa sensibilidade, que ora gargalha em grupo, ora busca o silêncio e a solidão. Estar triste não é estar deprimido.

Depressão é coisa muito mais séria, contínua e complexa. Estar triste é estar atento a si próprio, é estar desapontado com alguém, com vários ou consigo mesmo, é estar um pouco cansado de certas repetições, é descobrir-se frágil num dia qualquer, sem uma razão aparente – as razões têm essa mania de serem discretas.

"*Eu não sei o que meu corpo abriga/ nestas noites quentes de verão/ e não importa que mil raios partam/ qualquer sentido vago de razão/ eu ando tão down...*" Lembra da música? Cazuza ainda dizia, lá no meio dos versos, que pega mal sofrer. Pois é, pega mal. Melhor sair pra balada, melhor forçar um sorriso, melhor dizer que está tudo bem, melhor desamarrar a cara. "*Não quero te ver triste assim*", sussurrava Roberto Carlos em meio a outra música. Todos cantam a tristeza, mas poucos a enfrentam de fato. Os esforços não são para compreendê-la, e sim para disfarçá-la, sufocá-la, ela que, humilde, só quer usufruir do seu direito de existir, de assegurar o seu espaço nesta sociedade que exalta apenas o oba-oba e a verborragia, e que desconfia de quem está calado demais. Claro que é melhor ser alegre que ser triste (agora é Vinicius), mas melhor mesmo é ninguém privar você de sentir o que for. Em tempo: na maioria das vezes, é a gente mesmo que não se permite estar alguns degraus abaixo da euforia.

Tem dias que não estamos pra samba, pra rock, pra hip-hop, e nem por isso devemos buscar pílulas mágicas para camuflar nossa introspecção, nem aceitar convites para festas em que nada temos para brindar. Que nos deixem quietos, que quietude é armazenamento de força e sabedoria, daqui a pouco a gente volta, a gente sempre volta, anunciando o fim de mais uma dor – até que venha a próxima, normais que somos.

20 de novembro de 2005

A morte é uma piada

Assisti a algumas imagens do velório do Bussunda, quando os colegas do *Casseta & Planeta* deram seus depoimentos. Parecia que a qualquer instante iria estourar uma piada. Estava tudo sério demais, faltava a esculhambação, a zombaria, a desestruturação da cena. Mas nada acontecia ali de risível, era só dor e perplexidade, que é mesmo o que a morte causa em todos os que ficam. A verdade é que não havia nada a acrescentar no roteiro: a morte, por si só, é uma piada pronta. Morrer é ridículo.

Você combinou de jantar com a namorada, está em pleno tratamento dentário, tem planos pra semana que vem, precisa autenticar um documento em cartório, colocar gasolina no carro e no meio da tarde morre. Como assim? E os e-mails que você ainda não abriu, o livro que ficou pela metade, o telefonema que você prometeu dar à tardinha para um cliente?

Não sei de onde tiraram essa ideia: morrer. A troco? Você passou mais de dez anos da sua vida dentro de um colégio estudando fórmulas químicas que não serviriam pra nada, mas se manteve lá, fez as provas, foi em frente. Praticou muita educação física, quase perdeu o fôlego, mas não desistiu. Passou madrugadas sem dormir estudando para o vestibular, mesmo sem ter certeza do que gostaria de fazer da vida, cheio de dúvidas quanto à profissão escolhida, mas era hora de decidir, então decidiu, e mais uma vez foi em frente. De uma hora pra outra, tudo isso termina numa colisão na estrada, numa artéria entupida, num disparo feito por um delinquente que gostou do seu tênis. Qual é?

Morrer é um chiste. Obriga você a sair no melhor da festa sem se despedir de ninguém, sem ter dançado com a garota mais linda, sem ter tido tempo de ouvir outra vez sua música preferida. Você deixou em casa suas camisas penduradas nos cabides, sua toalha úmida no varal, e penduradas também algumas contas. Os outros serão obrigados a arrumar suas tralhas, a mexer nas suas gavetas, a apagar as pistas que você deixou durante uma vida inteira. Logo você, que sempre dizia: das minhas coisas cuido eu.

Que pegadinha macabra: você sai sem tomar o café e talvez não consiga almoçar, caminha por uma rua e talvez não chegue na próxima esquina, começa a falar e talvez não conclua o que pretende dizer. Não faz exames médicos, fuma dois maços por dia, bebe de tudo, curte costelas gordas e mulheres magras e morre num sábado de manhã. Se faz check-up regularmente e não possui vícios, morre do mesmo jeito. Isso é para ser levado a sério?

Tendo mais de 100 anos de idade, vá lá, o sono eterno pode ser bem-vindo. Já não há mesmo muito a fazer, o corpo não acompanha a mente, e a mente também já rateia, sem falar que há quase nada guardado nas gavetas. Ok, hora de descansar em paz. Mas antes de viver tudo, antes de viver até a rapa? Não se faz.

Morrer cedo é uma transgressão, desfaz a ordem natural das coisas. Morrer é um exagero. E, como se sabe, o exagero é a matéria-prima das piadas. Só que essa não tem graça.

21 de junho de 2006

Parar de pensar

Você encontra uma lâmpada mágica no meio do deserto, dá uma esfregadinha e de dentro sai um gênio meio afetado que concede a você a realização de um desejo. Humm... Você pediria um segundinho para pensar? Eu não pensaria um segundo. Aliás, o meu desejo seria justamente este: por bem mais que um segundo, digamos por dois dias, gostaria de parar de pensar. Parar totalmente de pensar. Ué, Saramago escreveu sobre um lugar em que as pessoas paravam de morrer. Salve a ficção, a casa de todos os delírios. Que tal, temporariamente, parar de pensar?

Eu acordaria e não pensaria em nada. Sendo assim, voltaria a dormir, sem mais despertar todo dia às seis da manhã, como sempre faço, pensando em mil tranqueiras e coisas a providenciar. Mas parar de pensar não impede a fome, então uma hora eu teria que levantar da cama e ir pra mesa – quem decidiu o cardápio? Aleluia, eu é que não fui. Não penso mais nessas coisas.

Abro o jornal, leio todas as matérias e não me ocorre nenhum pensamento tipo: "É para o bolso destes malandros que vai meu imposto", "Não acredito que fizeram isso com uma criança" ou "Caramba, como fui perder este show?". Eu não penso, portanto, não sofro.

Passo por um espelho e não dou a mínima para o que vejo. Espinhas, olheiras, cabelo fora de moda, danem-se. Moda, falei em moda? Era só o que me faltava ocupar meu cérebro com essas trivialidades.

Tudo vazio lá dentro, um descampado, um silêncio, o paraíso.

Você não pensa mais em como aumentar sua renda mensal, em como fazer seus filhos comerem melhor, em como arranjar tempo para deixar o carro na revisão, em como encontrar um lugar barato para passar as férias, em como ajudar seus pais a atravessarem a velhice, em como não ser indelicada ao recusar um convite, em como ter coragem para chutar o balde, em como responder um e-mail irritante, em como esconder dos outros suas dores, em como arranjar tempo para ir ao médico, em como você tem medo de que as coisas nunca mudem e, se mudarem, em como enfrentar. Você não precisa pensar em mais nada, você pediu ao gênio e ele, camarada, atendeu. Aproveite, são apenas dois dias.

Não precisa ter opinião sobre o Lula, sobre o Alckmin, sobre a segurança do espaço aéreo, sobre a reviravolta do clima no planeta, sobre o último disco do Coldplay, sobre o vídeo da Cicarelli, sobre os resultados do Brasileirão. Você está de férias de você. Não tem nem motivo para chorar. Seu amor se foi? Tudo bem. Você não pensa em rejeição, não pensa que ele tem outra, não pensa que vai surtar. Jogue fora os antidepressivos, não precisa nem mesmo passar creme antirrugas. Por dois dias, seu humor está neutro e suas rugas se foram. Esse seu olhar sereno, essa sua fala pausada... Nossa, sabia que você ficou até mais sexy?

Tudo isso é uma viagem sem sentido. Concordo. Mas vai dizer que, às vezes, acionar o *pause* no cérebro não lhe passa pela cabeça?

11 de outubro de 2006

Oh, Lord!

Liguei o rádio do carro e santa nostalgia: estava tocando uma música da Janis Joplin que marcou minha infância, mesmo que naquela época eu não entendesse quase nada de inglês – não que entenda muito hoje. Você deve lembrar, é um clássico, começa dizendo: "Oh, Lord, won't you buy me a Mercedes-Benz? My friends all drive Porsches, I must make amends", que significa mais ou menos: "Oh, Senhor, não quer me comprar um Mercedes-Benz? Todos os meus amigos dirigem Porsches, eu preciso compensar". E seguia nesta irônica e provocativa prece pedindo nem paz, nem amor, e sim uma tevê a cores e noitadas. Se Ele a amasse mesmo, não a deixaria na mão.

Oh, Lord, quantas pessoas, hoje, não estão por aí também rezando por uma Louis Vitton original de fábrica e por uma poderosa tevê de plasma? Abrem as revistas e estão todos tão melhores de vida do que elas, como ser feliz sem igualdade de condições? Dê a estas pessoas o que elas pedem, Senhor, é só fazê-las ganhar um sorteio, uma rifa. Imagine a dificuldade que o Senhor teria para atendê-las caso elas pedissem um mundo mais acolhedor, menos agressivo, mais sensato, o trabalhão que iria dar.

Oh, Lord, reconheça a inocência de quem lhe pede uma casa na praia, um chalezinho na montanha, ou mesmo um belo apartamento em bairro nobre, o Senhor sabe que essas pessoas não foram treinadas para se satisfazerem com o que têm, mesmo que tenham tanta coisa, como família, paz de espírito, um emprego decente, mas isso não conta, isso não enche a barriga de ninguém.

Oh, Lord, ninguém anda rezando por fé, pela saúde do vizinho, para resistir aos apelos consumistas, nem mesmo para simplesmente dizer "Obrigada, Senhor". Não se faz mais esse tipo de concessão: afinal, obrigada por quê? Eles querem ser convidados para as festas. Eles querem melhorar. Compense-os com um relógio de grife, uma corrente de ouro, um celular último tipo e uma câmera digital, eles não podem comprar, mas o Senhor pode, o Senhor tem crédito em qualquer loja, o Senhor só precisa fazer abracadabra e tudo se resolve.

Janis Joplin gravou esta música em 1970. Nos últimos 37 anos, o número de súplicas estapafúrdias segue aumentando e quase ninguém mais lembra de agradecer o mistério da existência, o poder transformador dos afetos, a liberdade de escolha, o contato com o que ainda nos resta de natureza, o encanto dos encontros, a poesia que há em uma vida serena, a alma nossa de cada dia, essas coisas que parecem tão obsoletas, e pelo visto são. Oh, Lord, desça daí, faça alguma coisa, que aqui embaixo trocaram o abstrato pelo concreto e não demora estarão pedindo a parte deles em dinheiro.

15 de abril de 2007

O valor de uma humilhação

Pergunte para minhas amigas do colégio: eu fui a Miss Certinha. Sempre justa, pontual, atenta para não fazer nada errado. Meus pais não tiveram muito trabalho comigo. Aliás, eu diria que nenhum. Um dia cresci e, naturalmente, cometi alguns erros contra mim mesma, mas jamais contra a sociedade. Até ontem, me orgulhava de ser uma exemplar respeitadora das leis. Mas danou-se: minha reputação foi por água abaixo.

Existe um danado de um sinal de trânsito que sempre me tenta ao pecado. Ele diz que é proibido dobrar, mas eu olho e não vejo o risco que há em dobrar ali, e a verdade é que me facilitaria muito o caminho para casa. Mantenho com esse sinal de trânsito uma relação provocativa: quando eu o obedeço, me sinto uma boa menina, e quando eu o desobedeço, me sinto melhor ainda, ao estilo Mae West. Não vejo muito sentido na proibição. Bastando que eu respeite a faixa de pedestre ali situada – e eu respeito –, aquele sinal torna-se praticamente inútil. Mas eu não sou engenheira de trânsito e o sinal permanece fixado naquela esquina, avisando que não se pode fazer o que eu, quando com muita pressa, às vezes faço.

Pois satanás veio ao meu encontro vestindo terno, camisa, sapato e com um filho na mão. Estava bem ali, esperando eu cometer a falta maldita para me apontar o caminho do inferno. E assim o fez. Me viu agindo errado e se plantou na frente do meu carro aos berros, invocando a fúria de todos os diabos reunidos em confraria. Eu ali, sozinha, flagrada em delito indefensável, e ele esbravejando sua raiva, fazendo juntar gente e me humilhando mais e mais e mais. Pedi desculpas, mas é claro que ele não ouviu e muito menos adiantaria. Eu havia colocado a vida de toda uma comunidade escolar em risco, foi mais ou menos o que ele alegou. Um vexame para constar da minha biografia não autorizada. A menininha correta que eu havia sido já era, babaus, foi pro espaço.

    Aconteceu de verdade. E estou relatando não para acusar o pai que me humilhou no meio da rua, e sim para homenageá-lo, porque ele teve razão. Foi explosivo além da conta, mas teve razão. Ao mesmo tempo em que eu queria sumir de vergonha, pensava: uma bronca bem dada em público é mais producente do que uma multa. Nunca fui de implicar com pardais e azuizinhos, e agora muito menos: tudo o que eles fazem é registrar nossas placas na maior elegância e discrição. Já um grito bem dado no nosso ouvido tem outro efeito. Jamais repetirei meu único e amado ato ilícito, adeus à minha breve carreira de transgressora. Sentirei saudades.

4 de julho de 2007

Em caso de despressurização

Eu estava dentro de um avião, prestes a decolar, e pela milionésima vez na vida escutava a orientação da comissária: "Em caso de despressurização da cabine, máscaras cairão automaticamente à sua frente. Coloque primeiro a sua e só então auxilie quem estiver a seu lado". E a imagem no monitor mostrava justamente isso, uma mãe colocando a máscara no filho pequeno, estando ela já com a sua.

É uma imagem um pouco aflitiva, porque a tendência de todas as mães é primeiro salvar o filho e depois pensar em si mesma. Um instinto natural da fêmea que há em nós. Mas a orientação dentro dos aviões tem lógica: como poderíamos ajudar quem quer que seja estando desmaiadas, sufocadas, despressurizadas?

Isso vem ao encontro de algo que sempre defendi, por mais que pareça egoísmo: se quer colaborar com o mundo, comece por você.

Tem gente à beça fazendo discurso pela ordem e reclamando em nome dos outros, mas mantém a própria vida desarrumada. Trabalham naquilo que não gostam, não se esforçam para conservar uma relação de amor, não cuidam da própria saúde, não se interessam por cultura e informação e estão mais propensos a rosnar do que a aprender. Com a cabeça assim minada, vão passar que tipo de tranquilidade adiante? Que espécie de exemplo? E vão reivindicar o quê?

Quer uma cidade mais limpa, comece pelo seu quarto, seu banheiro e seu jardim. Quer mais justiça social, respeite os direitos da empregada que trabalha na sua casa. Um trânsito menos violento, é simples: avalie como você mesmo dirige. E uma vida melhor para todos? Pô, ajudaria bastante colocar um sorriso nesse rosto, encontrar soluções viáveis para seus problemas, dar uma melhorada em você mesmo.

Parece simplório, mas é apenas simples. Não sei se esse é o tal "segredo" que andou circulando pelos cinemas e sendo publicado em livro, mas o fato é que dar um jeito em si mesmo já é uma boa contribuição para salvar o mundo, essa missão tão heroica e tão utópica.

Claro que não é preciso estar com a vida ganha para ser solidário. A experiência mostra que as pessoas que mais se sensibilizam com os dilemas alheios são aquelas que ainda têm muito a resolver na sua vida pessoal. Mas elas não praguejam, não gastam seu latim à toa: agem. A generosidade é seu oxigênio.

Tudo o que nos acontece é responsabilidade nossa, tanto a parte boa como a parte ruim da nossa história, salvo fatalidades do destino e abandonos sociais. E, mesmo entre os menos afortunados, há os que viram o jogo, ao contrário daqueles que apenas viram uns chatos. Portanto, fazer nossa parte é o mínimo que se espera.

Antes de falar mal da *Caras*, pense se você mesmo não anda fazendo muita fofoca. Coloque sua camiseta pró-ecologia, mas antes lembre de não jogar lixo na rua e de não usar o carro desnecessariamente. Reduza o desperdício na sua casa. Uma coisa está relacionada com a outra: você e o universo. Quer mesmo salvá-lo? Analise seu próprio comportamento. Não se sinta culpado por pensar em si mesmo. Cuide do seu espírito, do seu humor. Arrume seu cotidiano. Agora, sim, estando quite consigo mesmo, vá em frente e mostre aos outros como se faz.

23 de setembro de 2007

Matando a saudade em sonho

A saudade não tem nada de trivial. Interfere em nossa vida de um modo às vezes sereno, às vezes não. É um sentimento bem-vindo, pois confirma o valor de quem é ou foi importante para nós, e é ao mesmo tempo um sentimento incômodo, porque acusa a ausência, e os ausentes sempre nos doem.

Por sorte, é relativamente fácil exterminar a saudade de quase tudo e de quase todos, simplesmente pegando o telefone e ouvindo a voz de quem nos faz falta, ou indo ao encontro dessa pessoa. Ou daquele lugar que ficou na memória: uma cidade, uma antiga casa. Podemos eliminar muitas saudades, enquanto outras vão surgindo. A saudade do sabor de uma comida, de um cheiro do passado, de um abraço. Há muitas saudades possíveis de se conviver e possíveis de matar. A única saudade que não se mata é a de quem morreu. Matar, morrer. Que verbos macabros para se falar de nostalgia.

Já ouvi vários relatos sobre a saudade que se sente de um pai, de um avô, de um filho, de uma amiga, dos afetos que nos deixaram cedo demais – sempre é cedo para partir, não importa a idade de quem se foi. Ficam as cenas guardadas na lembrança, mas elas se esvanecem, recordações são sempre abstratas. De concreto, palpável, tem as fotos e as imagens de gravações caseiras, mas de tanto vê-las, já não vemos. Já as sabemos de cor. Não há o rosto com uma expressão nova, a surpresa de um gesto inusitado.

Como, então, vencer a saudade com algo que seja mais parecido com presença?

Através do sonho.

Uma mãe que perdeu seu filho quatro anos atrás me conta que todos em casa sonham com ele, menos ela. Para sua infelicidade, ela não tem controle sobre isso, simplesmente não recebe essa benção, e queria tanto. Eu a entendo, porque através do sonho a pessoa que se foi nos faz uma visita. Pode até ser uma visita aflitiva, mas a pessoa está de novo ali, ela está interagindo, ela está sorrindo, ou está calada, ou está dançando, ou escapando de nossas mãos, mas ela está acontecendo em tempo real, que é o período em que estamos dormindo, e que faz parte da vida, e não da morte.

De vez em quando sonho com minha avó e sempre acordo animada por ela ter encontrado esse meio de me dar um alô, de me fazer recordá-la. Observo seu jeito, ouço sua voz e penso: quem roteirizou esse sonho? De onde vieram suas palavras para mim? A resposta lógica: meu inconsciente falou através dela, só que isso tira todo o encanto da cena. Prefiro acreditar que ela é que esteve no comando da sua aparição, me dizendo o que tinha para dizer, nem que fosse uma frasezinha à toa.

Um colega de trabalho falecido há vinte anos num acidente de carro também já me apareceu em sonhos algumas vezes, e quando isso acontece acordo com a sensação de que morte, mesmo, é esquecimento: enquanto eu abrir as portas do sonho para ele entrar, meu amigo seguirá existindo.

Neste feriado de Finados, o que se pode desejar para os inúmeros saudosos de mães, de maridos, de netos? Que os sonhos abracem a todos.

2 de novembro de 2007

Aonde é que eu ia mesmo?

Uma vez escrevi uma crônica que se chamava "Coisa com coisa". Era sobre a minha vexaminosa tendência de trocar o nome das pessoas. Não apenas nomes de pessoas que mal conheço, mas também nomes de parentes. Parentes próximos, como filhos. Com o tempo, comecei a trocar também nomes de objetos, a me embaralhar com os verbos e a perder palavras que estavam na boca da língua. Desculpe, quis dizer na ponta da língua. Ou seja, passei a não dizer mais coisa com coisa.

Pois tenho novidades: piorei muito.

Às vezes estou no meu quarto e penso: vou na sala buscar meus óculos. Quando estou no corredor, já esqueci o que ia fazer na sala. Quando chego na sala, olho em volta e tento descobrir o que fui fazer ali. Não recordo. Fico feito uma barata tonta: "O que era mesmo?". Volto para o quarto de ré, pra ver se a memória é resgatada no rewind, feito fita rebobinada, mas não adianta. Dali a dois minutos, lembro: "Ah, eu ia pegar os óculos! Onde mesmo?".

Tenho comentado isto com alguns amigos, na esperança de que me olhem com piedade e me recomendem um bom médico, mas o que mais escuto é: "Comigo tem sido a mesma coisa". Pesquisei com conhecidos dos 19 aos 90 anos. Com todos tem sido assim. Alzheimer geral. Tem alguma coisa errada, e não é só comigo.

Li recentemente uma matéria que associa a falta de memória com a falta de sono. É uma teoria. Os especialistas entrevistados para a matéria recomendam que a gente não abra mão de dormir oito horas seguidas. Dizem que isso não é balela, que ajuda mesmo o cérebro a descansar e a retomar as tarefas do dia seguinte com funcionamento pleno. Maravilha. Oito horas de sono. Me explique como.

Eu apago a luz cedo. Antes da meia-noite. Às vezes às dez e meia. Tenho perdido o *Saia Justa* por causa disso. O *Manhattan Connection*. A minissérie *Queridos Amigos*. Meu sono está me emburrecendo, mas, quando os olhos pesam, não há outra saída a não ser capitular. Desligo o abajur e apago junto. Só que às quatro da matina minha cabeça acorda sozinha. A cabeça, essa maldita. Ela então faz um apanhado geral dos problemas a serem resolvidos no dia seguinte. Na verdade, nem problemas são, mas durante a madrugada qualquer unha encravada vira um câncer terminal. A noite potencializa o drama. Então fico eu ali fritando nos lençóis, pensando, pensando. Verbo desgraçado: pensar.

Quando consigo pegar no sono de novo, o despertador faz o seu serviço: me desperta. Cedíssimo: hora de levar os filhos (o nome deles, mesmo?) ao colégio. Há quem tenha reunião no escritório. Outros, massagem. Outros precisam ir para a parada de ônibus. Quem consegue hoje em dia dormir oito horas de sono cravado? Os milionários, e nem eles, eu acho.

Tampouco tenho sonhado. Não há sono suficiente para criar uma historinha com começo, meio e fim. Freud teria dificuldade em trabalhar hoje em dia: dorme-se pouco. E lembra-se menos ainda. Fim de era para o descanso e a memória. Do que eu estava falando mesmo?

A solução é mudar a rotina. Ver menos televisão. Ter menos obrigações. Morar em lugares mais silenciosos. Ter menos vida noturna. Menos compromissos. Menos agenda. Menos e-mails. Menos contatos profissionais, mais amigos. Menos trabalho, mais férias. Menos filhos: é difícil decorar dois nomes. Filho único é mais fácil. E deixar de frescura e pendurar logo aquele troço medonho que prende as hastes dos óculos ao nosso pescoço.

9 de dezembro de 2007

Quando Deus aparece

Tenho amigas de fé. Muitas. Uma delas, que é como uma irmã, me escreveu um e-mail poético, dia desses. Ela comentava sobre o recital que assistiu do pianista Nelson Freire, recentemente. Tomada pela comoção durante o espetáculo, ela finalizou o e-mail assim: "Nessas horas Deus aparece".

Fiquei com essa frase retumbando na minha cabeça. De fato, Deus não está em promoção, se exibindo por aí. Ele escolhe, dentro do mais rigoroso critério, os momentos de aparecer pra gente. Não sendo visível aos olhos, ele dá preferência à sensibilidade como via de acesso a nós. Eu não sou uma católica praticante e ritualística – não vou à missa. Mas valorizo essas aparições como se fosse a chegada de uma visita ilustre, que me dá sossego à alma.

Quando Deus aparece pra você?

Pra mim, ele aparece sempre através da música, e nem precisa ser um Nelson Freire. Pode ser uma música popular, pode ser algo que toque no rádio, mas que me chega no momento exato em que preciso estar reconciliada comigo mesma. De forma inesperada, a música me transcende.

Deus me aparece nos livros, em parágrafos que não acredito que possam ter sido escritos por um ser mundano: foram escritos por um ser mais que humano.

Deus me aparece – muito! – quando estou em frente ao mar. Tivemos um papo longo, cerca de um mês atrás, quando havia somente as ondas entre mim e ele. A gente se entende em meio ao azul, que seria a cor de Deus, se ele tivesse uma.

Deus me aparece – e não considere isso uma heresia – na hora do sexo, quando feito com quem se ama. É completamente diferente do sexo casual, do sexo como válvula de escape. Diferente, preste atenção. Não quer dizer que qualquer sexo não seja bom.

Nesse exato instante em que escrevo, estou escutando "My Sweet Lord" cantado não pelo George Harrison (que Deus o tenha), mas por Billy Preston (que Deus o tenha, também) e posso assegurar: a letra é um animado bate-papo com ele, ritmado pelo rock'n'roll. Aleluia.

Deus aparece quando choro. Quando a fragilidade é tanta que parece que não vou conseguir me reerguer. Quando uma amiga me liga de um país distante e demonstra estar mais perto do que o vizinho do andar de cima. Deus aparece no sorriso do meu sobrinho e no abraço espontâneo das minhas filhas. E nas preocupações da minha mãe, que mãe é sempre um atestado da presença desse cara.

E quando eu o chamo de cara e ele não se aborrece, aí tenho certeza de que ele está mesmo comigo.

3 de agosto de 2008

A nova minoria

É um grupo formado por poucos integrantes. Acredito que hoje estejam até em menor número do que a comunidade indígena, que se tornou minoria por força da dizimação de suas tribos. A minoria a que me refiro também está sendo exterminada do planeta, e pouca gente tem se dado conta. Me refiro aos sensatos.

A comunidade dos sensatos nunca se organizou formalmente. Seus antepassados acasalaram-se com insensatos, e geraram filhos e netos mistos, o que poderia ser considerada uma bem-vinda diversidade cultural, mas não resultou em grande coisa. Os seres mistos seguiram procriando com outros insensatos, até que a insensatez passou a ser o gene dominante da raça. Restaram poucos sensatos puros.

Reconhecê-los não é difícil. Eles costumam ser objetivos em suas conversas, dizendo claramente o que pensam e baseando seus argumentos no raro e desprestigiado bom senso. Analisam as situações por mais de um ângulo antes de se posicionarem. Tomam decisões justas, mesmo que para isso tenham que ferir suscetibilidades. Não se comovem com os exageros e delírios de seus pares, preferindo manter-se do lado da razão. Serão pessoas frias? É o que dizem deles, mas ninguém imagina como sofrem intimamente por não serem compreendidos.

O sensato age de forma óbvia. Ele conhece o caminho mais curto para fazer as coisas acontecerem, mas as coisas só acontecem quando há um empenho conjunto. Sozinho ele não pode fazer nada contra a avassaladora reação dos que, diferentemente dele, dedicam suas vidas a complicar tudo. Para a maioria, a simplicidade é sempre suspeita, vá entender.

O sensato obedece regras ancestrais, como, por exemplo, dar valor ao que é emocional e desprezar o que é mesquinho. Ele não ocupa o tempo dos outros com fofocas maldosas e de origem incerta. Ele não concorda com muita coisa que lê e ouve por aí, mas nem por isso exercita o espírito de porco agredindo pessoas que não conhece. Se é impelido a se manifestar, defende sua posição com ideias, sem precisar usar o recurso da violência.

O sensato não considera careta cumprir as leis, é a parte facilitadora do cotidiano. A loucura dele é mais sofisticada, envolve rompimento com algumas convenções, sim, mas convenções particulares, que não afetam a vida pública. O sensato está longe de ser um certinho. Ele tem personalidade, e se as coisas funcionam pra ele, é porque ele tem foco e não se desperdiça, utiliza seu potencial em busca de eficácia, em vez de gastar sua energia com teatralizações que dão em nada.

O sensato privilegia tudo o que possui conteúdo, pois está de acordo com a máxima que diz que mais grave do que ter uma vida curta, é ter uma vida pequena. Sendo assim, ele faz valer o seu tempo. Reconhece que o Big Brother é um passatempo curioso, por exemplo, mas não tem estômago para aquela sequência de conversas inaproveitáveis. É o vazio da banalidade passando de geração para geração.

Ouvi de um sensato, dia desses: "Perdi minha turma. Eu convivia com pessoas criativas, que falavam a minha língua, que prezavam a liberdade, pessoas antenadas que não perdiam tempo com mediocridades. A gente se dispersou". Ele parecia um índio.

Mesmo com poucas chances de sobrevivência, que se morra em combate. Sensatos, resistam.

31 de janeiro de 2010

Natal para ateus

A semana que antecedeu o Natal foi de caixa de e-mails lotada: diversas mensagens chegaram, algumas bem alegres e outras com apelos um pouco melodramáticos, em especial as que recrutavam Jesus, o aniversariante esquecido. De fato, vivemos numa época megaconsumista e muitos não dão valor à data, mas a tragédia não é absoluta. De minha parte, não festejo o aniversário de Jesus, mas nem por isso minha casa se transforma num iglu habitado por abomináveis corações de gelo. Me emociono, confraternizo, abraço, beijo e brindo à paz, acreditando que essa abertura sincera para o afeto é uma espécie de religião também.

Recentemente, o escritor e filósofo suíço Alain de Botton esteve no Brasil lançando *Religião para ateus*, livro em que ele defende a tese de que, mesmo sem acreditar em Deus, é possível ter fé. E mesmo sem ter fé, é possível encontrar na religião elementos úteis e consoladores que suavizam o dia a dia. Botton condena a hostilidade que há entre crentes e ateus, e diz que em vez de atacar as religiões, é mais salutar aprender com elas, mesmo quando não compactuamos com seu aspecto sobrenatural.

Não é de hoje que admiro esse autor, e mais uma vez ele me empolga com sua visão. Fui criada numa família católica, mas já na adolescência minha espiritualidade se divorciou dos rituais de celebração, já que deixei de acreditar em fatos bíblicos que me pareciam implausíveis. Nem por isso fiquei órfã dos valores éticos que as religiões pregam.

    Solidariedade, gentileza, tolerância, princípios morais, nada é furtado daqueles que descartam a existência de Deus. Claro que, se não houver o hábito constante da reflexão, podemos nos tornar materialistas convictos e acabar exercendo a bondade só em datas especiais. É nesse ponto que Alain de Botton defende o lado prático e benéfico das religiões: elas funcionam como lembretes sobre a importância de nos introspectarmos e de fazermos a coisa certa todos os dias. Quem prefere não buscar esses lembretes na igreja, pode buscar na arte, no contato com a natureza ou onde quer que sua alma se revitalize.

    Do que concluo que é possível encontrar o sentido do Natal sem montar presépio, sem assistir à missa do Galo e sem servilismo religioso. Basta que sejamos uma pessoa do bem, consciente das nossas responsabilidades coletivas e que passemos adiante a importância de se ter uma conduta digna. Nós todos podemos ser os pequenos "deuses" de nossos filhos, de nossos amigos e também de desconhecidos.

    Dentro desse conceito, posso afirmar que o Natal é frequente aqui em casa: hoje, amanhã, depois de amanhã. A diferença é que nos outros dias estamos de moletom em vez de vestido de festa, e a ceia vira um misto-quente, mas o espírito mantém-se em constante estado de alerta contra o vazio e a superficialidade da vida.

    Feliz Natal – para todos.

25 de dezembro de 2011

Coragem

"A pior coisa do mundo é a pessoa não ter coragem na vida." Pincei essa frase do relato de uma moça chamada Florescelia, nascida no Ceará e que passou (e vem passando) poucas e boas: a morte da mãe quando tinha dois anos, uma madrasta cruel, uma gravidez prematura, a perda do único homem que amou, uma vida sem porto fixo, sem emprego fixo, mas sonhos diversos, que lhe servem de sustentação. Ela segue em frente porque tem o combustível que necessitamos para trilhar o longo caminho desde o nascimento até a morte. Coragem.

Quando eu era pequena, achava que coragem era o sentimento que designava o ímpeto de fazer coisas perigosas, e por perigoso eu entendia, por exemplo, andar de tobogã, aquela rampa alta e ondulada em que a gente descia sentada sobre um saco de algodão ou coisa parecida. Por volta dos nove anos, decidi descer o tobogã, mas na hora agá, amarelei. Faltou coragem. Assim como faltou também no dia em que meus pais resolveram ir até a Ilha dos Lobos, em Torres, num barco de pescador. No momento de subir no barco, desisti. Foram meu pai, minha mãe e meu irmão, e eu retornei sozinha, caminhando pela praia, até a casa da vó.

Muita coragem me faltou na infância: até para colar durante as provas eu ficava nervosa. Mentir para pai e mãe, nem pensar. Ir de bicicleta até ruas muito distantes de casa, não me atrevia. Travada desse jeito, desconfiava que meu futuro seria bem diferente do das minhas amigas audaciosas.

Até que cresci e segui medrosa para andar de helicóptero, escalar vulcões, descer corredeiras d'água. No entanto, aos poucos fui descobrindo que mais importante do que ter coragem para aventuras de fim de semana, era ter coragem para aventuras mais definitivas, como a de mudar o rumo da minha vida se preciso fosse.

Enfrentar helicópteros, vulcões, corredeiras e tobogãs exige apenas que tenhamos um bom relacionamento com a adrenalina. Coragem, mesmo, é preciso para viajar sozinha, terminar um casamento, trocar de profissão, abandonar um país que não atende nossos anseios, dizer não para propostas vampirescas, optar por um caminho diferente, confiar mais na intuição do que em estatísticas, arriscar-se a decepções para conhecer o que existe do outro lado da vida convencional. E, principalmente, coragem para enfrentar a própria solidão e descobrir o quanto ela fortalece o ser humano.

Não subi no barco quando criança – e não gosto de barcos até hoje. Vi minha família sair em expedição pelo mar e voltei sozinha pela praia, uma criança ainda, caminhando em meio ao povo, acreditando que era medrosa. Mas o que parecia medo era a coragem me dando as boas-vindas, me acompanhando naquele recuo solitário, quando aprendi que toda escolha requer ousadia.

17 de junho de 2012

Prosopagnosia

Eu estava na fila do cinema, e ela dois passos a frente. Ela virava para trás, me olhava, e logo virava para frente de novo. Até que numa dessas viradas ela disse "oi". Eu retribuí: "oi". Ela: "É isso aí, tu não me conhece, mas eu te conheço: tem que cumprimentar".

Eu sei, amiga.

Leitores me cumprimentam sem que eu os conheça, e tudo certo, já que há uma foto minha ao lado da coluna do jornal. Só se torna um problema quando eu realmente conheço a pessoa que me cumprimenta, já conversei com ela em algum momento da vida, e não faço ideia de quem seja. Escrevi certa vez sobre isso: se a pessoa é a recepcionista da minha médica, e sempre a vejo de coque e de uniforme branco, ao passar por mim de vestido floreado e cabeleira solta num shopping, não vou reconhecê-la. Se o sujeito com quem cruzo na academia, sempre de calção e camiseta, entrar no restaurante de camisa polo e um blusão amarrado em torno do pescoço, não vou reconhecê-lo. Se o porteiro do meu prédio for filmado na arquibancada de um estádio vestindo a camiseta do seu time e segurando um cartaz dizendo "Olha eu aqui, Galvão", periga o Galvão saber quem é: eu, não. Tenho uma incapacidade crônica de identificar pessoas fora do habitat em que costumo encontrá-las.

Sempre me justifiquei dizendo "sou péssima fisionomista", que é um chavão, mas não é mentira, e que, aliado aos meus três graus de astigmatismo, me garantia o perdão de algumas boas almas. Até que outro dia entrei numa loja de conveniências, um cara abriu os braços ao me ver e disse numa alegria comovente: "Marthinha!". Achei meio íntimo para um leitor. Sorri amarelo e dei um "oi" igual ao que ofereci à moça da fila do cinema. Ele insistiu: "Martha, sou eu!". Socorro, eu quem? Então ele disse seu nome. Pasme: era um ex-namorado. A meu favor, deponho que foi um namorado da época da faculdade (não me obrigue a fazer contas), mas, ora, ainda que tenha sido na era paleolítica, conviveu comigo. Ao menos o seu olhar deveria ser o mesmo. Me senti um inseto.

Pois bem, depois de anos soterrada em culpa, descubro que a medicina está do meu lado. Acabo de saber que "sou péssima fisionomista" possui nome científico: prosopagnosia. Uma doença que debilita a área do cérebro que distingue traços e expressões faciais. Estou lendo o excelente *Barba ensopada de sangue*, de Daniel Galera, cujo personagem vive o mesmo desconforto. Alguns médicos dizem que há apenas 100 casos diagnosticados no mundo – provavelmente eu e outros 99 acusados injustamente de ter o nariz em pé. Mas há quem diga também que o problema é mais comum do que se pensa e que atinge uma a cada 50 pessoas, ou seja, é praticamente uma epidemia.

Comum ou incomum, me concedam o benefício da dúvida: talvez eu seja uma pobre vítima da prosopagnosia e por isso não saio por aí dando dois beijinhos e perguntando pela família de quem, a priori, nunca vi antes. Se não for prosopagnosia, acredite: é astigmatismo evoluindo para uma catarata, somada a uma palermice que me dificulta distinguir semblantes. Nariz em pé, juro que não é.

13 de janeiro de 2013

Deus em promoção

Pouca coisa me escandaliza, mas fiquei perplexa com o vídeo que andou circulando pela internet, que mostra um culto da Assembleia de Deus conduzida pelo pastor Marco Feliciano – sim, o polêmico presidente da Comissão de Direitos Humanos e Minorias da Câmara dos Deputados, o maior para-raios de encrenca da atualidade.

O vídeo mostra o momento da coleta de dízimos e doações, a parte mercantilista da negociação dos fiéis com o Pai Supremo, de quem o pastor se julga uma espécie de contador particular, pelo visto. Entre frases inibidoras como "Você vai mesmo ficar com esse dinheiro na sua carteira?", dirigida a pessoas da plateia, e estimulando que os trabalhadores cedam uma porcentagem do seu salário dizendo "Aquele que crê, dá um jeito", aconteceu: alguém entregou seu cartão de crédito nas mãos do pastor. No que ele retrucou: "Ah, mas sem a senha, não vale. Depois vai pedir um milagre pra Deus, Ele não vai dar, e aí vai dizer que Deus é ruim".

Entendi bem? Deus está à venda? Cobrando pelas graças solicitadas?

Essa colocação do pastor bastaria para abrir uma CPI contra os caras de pau que, abusando da esperança de gente sem muito tutano, arrecadam fortunas e depois vão fazer suas preces particulares em algum resort em Miami. Quem dera houvesse um Joaquim Barbosa para colocar ordem nesse galinheiro falsamente místico, mas quem ousa? Se essa simples crônica já sofrerá retaliações, imagine alguém peitar judicialmente um representante de Deus, ou que assim se anuncia.

Religiosidade é algo extremamente respeitável. Cada um exerce a sua com a intensidade que lhe aprouver, de forma saudável, a fim de conquistar bem-estar espiritual. Todas as pessoas religiosas que conheço, e são inúmeras, nunca precisaram comprar sua fé nem dar nada em troca – a conquistaram gratuitamente através de cultura familiar ou de uma necessidade pessoal de conforto e consolo que é absolutamente legítima.

Religião é, basicamente, isso: conforto e consolo.

Já os crentes mais radicais fazem parte de outra turma. São os que acreditam cegamente em pecado, castigo, punição e numa recompensa que só virá depois de algum sacrifício. Quando não pagam em espécie, abrem mão de prazeres terrenos como forma de penitência, para tornarem-se dignos da vida eterna – que viagem.

É preciso ser muito iludido para acreditar que pagar a conta de luz é menos importante do que pagar pelo milagre encomendado a Deus através de seus "assessores" – e que, segundo o pastor Marco Feliciano, só será realizado se você não tiver caído na malha fina do Serasa Divino.

O que fazer para acabar com esse transe? Colocar na cadeia esses ilusionistas que se apresentam como pastores? Duvido que ajude. A bispa Sônia e seu marido Estevam Hernandes foram condenados por lavagem de dinheiro e de nada adiantou. Se fossem condenados por lavagem cerebral, quem sabe.

13 de março de 2013

Verdade interior

À medida que nos tornamos menos arrogantes, começamos a nos abrir para o imponderável, o abstrato, o esotérico e demais manifestações que não costumam ter firma reconhecida em cartório. Eu mesma, outrora tão cabeça-dura, me percebo mais tolerante com o que não enxergo. Não passei a acreditar em duendes, mas confio em anjos urbanos e respeito astrologia, I Ching, positivismo. Cada um se apega àquilo que possa ajudá-lo a melhorar como pessoa e a ter uma vida mais plena. Minha escada, que antes era feita de ideias concretas, passou a ter também alguns degraus variáveis, irresolutos, oscilantes – não sei como descrever, tampouco as palavras me chegam sólidas ao tratar desse assunto.

No momento, meu foco está na força da nossa verdade interior, no quanto a gente pode extrair efeitos visíveis daquilo que ainda nos é invisível. Muitos consideram isso uma balela, e estão no seu direito, mas não custa refletirmos sobre essa questão, já que está se falando de algo que não faz mal a ninguém: acreditar na potência da própria vontade.

Parece simples, mas poucos sabem o que desejam de fato. Deixamos as palavras saírem pela boca sem pensar muito no que estamos dizendo, e às vezes somos ainda mais esquisitos: afirmamos ter um sonho e fazemos justamente o oposto para alcançá-lo, num ritual de autoboicote que só muitas sessões de análise ajudariam a interromper – em terapia também acredito.

Existe uma frase tão surrada que já nem sei direito quem é o autor verdadeiro, mas ela diz, basicamente, que é melhor prestarmos bem atenção no que desejamos, pois poderemos vir a ser atendidos. Ou seja: é preciso estar muito, mas muito comprometido com seu real desejo, para o tiro não sair pela culatra. Anda dizendo por aí que precisa de solidão? Cuidado. Está querendo mesmo mudar de vida? Hum. Vá que lhe ouçam.

Acredite: ouvem-nos. Existe algo chamado empatia espiritual. Ela faz com que nossos desejos mais sinceros e puros ecoem junto àqueles que possuem o mesmo desejo, e através dessa conexão consigamos formatar concretamente um novo caminho em nossas vidas (as tais coisas invisíveis tornando-se visíveis). A ideia de almas gêmeas talvez passe pelo mesmo conceito, ainda que esta expressão traga um romantismo ultraidealizado. Porém, estando abertos para transmitir e receber energia, facilitamos sim o encontro com pessoas afins, sintonizadas com nosso espírito e que estão em busca do mesmo que nós. Obviamente, não funciona para curas milagrosas e prêmios de loteria.

Ok, ok, dei uma bela viajada e só tenho a lhe agradecer: você foi muito paciente em me acompanhar até aqui. É provável que tenhamos essa empatia espiritual que faz com escutemos um ao outro sem nunca termos nos visto. Como saber? Tocando a vida e acreditando. Qualquer hora a gente se encontra.

28 de abril de 2013

O Michelangelo de cada um

Escultura não era algo que me chamava atenção na adolescência, até que um dia tomei conhecimento da célebre resposta que Michelangelo deu a alguém que lhe perguntou como fazia para criar obras tão sublimes como, por exemplo, o Davi. "É simples, basta pegar o martelo e o cinzel e tirar do mármore tudo o que não interessa". E dessa forma genial ele explicou que escultura é a arte de retirar excessos até que libertemos o que dentro se esconde.

A partir daí, comecei a dar um valor extraordinário às esculturas, a enxergá-las como o resultado de um trabalho minucioso de libertação. Toda escultura nasceu de uma matéria bruta, até ter sua essência revelada.

Uma coisa puxa a outra: o que é um ser humano, senão matéria bruta a ser esculpida? Passamos a vida tentando nos livrar dos excessos que escondem o que temos de mais belo. Fico me perguntando quem seria nosso escultor. Uma turma vai reivindicar que é Deus, mas por mais que Ele ande com a reputação em alta, discordo. Tampouco creio que seja pai e mãe, apesar da bela mãozinha que eles dão ao escultor principal: o tempo, claro. Não sou a primeira a declarar isso, mas faço coro.

Pai e mãe começam o trabalho, mas é o tempo que nos esculpe, e ele não tem pressa alguma em terminar o serviço, até porque sabe que todo ser humano é uma obra inacabada. Se Michelangelo levou três anos para terminar o Davi que hoje está exposto em Florença, levamos décadas até chegarmos a um rascunho bem acabado de nós mesmos, que é o máximo que podemos almejar.

Quando jovens, temos a arrogância de achar que sabemos muito, e, no entanto, é justamente esse "muito" que precisa ser desbastado pelo tempo até que se chegue no cerne, na parte mais central da nossa identidade, naquilo que fundamentalmente nos caracteriza. Amadurecer é passar por esse refinamento, deixando para trás o que for gordura, o que for pastoso, o que for desnecessário, tudo aquilo que pesa e aprisiona, a matéria inútil que impede a visão do essencial, que camufla a nossa verdade. O que o tempo garimpa em nós? O verdadeiro sentido da nossa vida.

Michelangelo deixou algumas obras aparentemente inconclusas porque sabia que não há um fim para a arte de esculpir, porém em algum momento é preciso dar o trabalho como encerrado. O tempo, escultor de todos nós, age da mesma forma: de uma hora para a outra, dá seu trabalho por encerrado. Mas enquanto ele ainda está a nossa serviço, que o ajudemos na tarefa de deixar de lado os nossos excessos de vaidade, de narcisismo, de futilidade. Que finalmente possamos expor o que há de mais precioso em você, em mim, em qualquer pessoa: nosso afeto e generosidade. Essa é a obra-prima de cada um, extraída em meio ao entulho que nos cerca.

16 de junho de 2013

No divã

Recall

De uma hora para outra, esta: montadoras de veículos estão chamando seus clientes de volta para fazer uma revisão nos carros que foram comprados num determinado período, já que foram constatados defeitos originais de fábrica. Chama-se o processo de recall, para que todo brasileiro entenda.

Eu também gostaria que me chamassem para um recall, mas não para avaliarem meu carro, e sim a mim mesma. Quem me convocaria? Ora, quem. Deus. O dono da fábrica.

Todos nós saímos da linha de montagem com alguns defeitos, mas ninguém nos avisa disso. À medida que vamos rodando é que as avarias vão surgindo, provocando acidentes que poderiam ser evitados caso Alguém tivesse nos chamado para uma revisão.

– Olha, você tem um problema de superaquecimento. Cada vez que uma pessoa discorda do seu ponto de vista, sua tendência é perder a cabeça e sair agredindo, dizendo coisas que fazem os amigos se afastarem de você. Venha cá, vamos dar uma regulada nesse seu termostato.

– Você: o problema está na aceleração. Já reparou como você é rapidinho? Quer tudo para ontem, não deixa as coisas acontecerem no seu tempo, atropela todo mundo. Encosta ali que já resolvo isso.

– Seu retrovisor interno é muito grande. Como é que eu deixei você ir pra rua assim? Você vive olhando pra trás, tem mania de perseguição, não se livra do passado. Vou diminuir esta sua tentação de ficar vivendo de lembranças para que você ganhe uma área maior de visão frontal.

– Seu caso, vejamos: você derrapa muito. E tem folga na direção. Precisa ser mais objetivo, dizer o que pensa, não ser assim tão escorregadio. Me alcança ali a chave de fenda que eu dou um jeito nisso agorinha.

Seria a glória. Mas creio que Deus anda muito ocupado para se dedicar a consertos. E mesmo que fosse possível, imagine se na fila de chamamento houver algum serial killer na sua frente, o tempo que você terá que esperar até chegar sua vez. Melhor resolver nossas falhas com um manualzinho caseiro mesmo. Claro que não vai dar para ajeitar tudo: temos alguns bons anos de uso e certas peças já não são passíveis de reposição, mas não custa fazer um autobalanceamento de vez em quando, para que a gente não pife no meio do caminho.

Outubro de 2000

Mentiras consensuais

Existem pessoas felizes e pessoas infelizes, e todas elas se questionam. Umas bebem champanhe e outras água da torneira, e se fazem as mesmas indagações. Se existe uma coisa que nos unifica são as dúvidas que trazemos dentro. São pequenas angústias que se manifestam silenciosamente, angústias que não gritam, ou gritam somatizadas em úlceras, insônias e depressões. Angústias diante das mentiras consensuais.

O que são mentiras consensuais? São aquelas que todo mundo topou passar adiante como se fosse verdade. Aquelas que ouvimos de nossos pais, eles de nossos avós, e que automaticamente passamos para nossos filhos, colaborando assim para o bom andamento do mundo, para uma sanidade comum. O amor, o sentimento mais nobre e vulcânico que há, tornou-se a maior vítima deste consenso.

Mentiras consensuais: o amor não acaba, não se pode amar duas pessoas ao mesmo tempo, quem ama quer filhos, quem ama não sente desejo por outro, amor de uma noite só não é amor, o amor requer vida partilhada, amor entre pessoas do mesmo sexo é antinatural.

Tudo mentira. O amor, como todo sentimento, é livre. É arredio a frases feitas, debocha das regras que tentam lhe impor. Esta meia dúzia de coordenadas instituídas como verdade fazem com que muitas pessoas achem que estejam amando errado, quando estão simplesmente amando. Amando pessoas mais jovens ou mais velhas ou do mesmo sexo ou amando pouco ou amando com exagero, amando um homem casado ou uma mulher bandida ou platonicamente, amando e ganhando, todos eles, a alcunha de insanos, como se pudéssemos controlar o sentimento. O amor é dono dele mesmo, somos apenas seu hospedeiro.

Há outros consensos geradores de angústia: o mito da maternidade, a necessidade de um Deus, a juventude eterna. Sobem e descem de ônibus milhares de passageiros que parecem iguais entre si, porém há entre eles os que não gostam de crianças, os que nunca rezaram, os que estão muito satisfeitos com suas rugas e gorduras, os que não gostam de festas e viagens, os que odeiam futebol, os que viverão até os cem anos fumando, os que conversam telepaticamente com extraterrestres, os ermitões, enfim, os desajustados de um mundo que só oferece um molde.

Todos nós, que estamos quites com as verdades concordadas, guardamos, lá no fundo, algo que nos perturba, que nos convida para o exílio, que revela nossa porção despatriada. É a parte de nós que aceita a existência das mentiras consensuais, entende que é melhor viver de acordo com o estabelecido, mas que, no íntimo, não consegue dizer amém.

Dezembro de 2000

O grito

Não sei o que está acontecendo comigo, diz a paciente para o psiquiatra.
Ela sabe.
Não sei se gosto mesmo da minha namorada, diz um amigo para outro.
Ele sabe.
Não sei se quero continuar com a vida que tenho, pensamos em silêncio.
Sabemos, sim.
Sabemos tudo o que sentimos porque algo dentro de nós grita. Tentamos abafar esse grito com conversas tolas, elucubrações, esoterismo, leituras dinâmicas, namoros virtuais, mas não importa o método que iremos utilizar para procurar uma verdade que se encaixe nos nossos planos: será infrutífero. A verdade já está dentro, a verdade impõe-se, fala mais alto que nós, ela grita.
Sabemos se amamos ou não alguém, mesmo que esteja escrito que é um amor que não serve, que nos rejeita, um amor que não vai resultar em nada. Costumamos desviar este amor para outro amor, um amor aceitável, fácil, sereno. Podemos dar todas as provas ao mundo de que não amamos uma pessoa e amamos outra, mas sabemos, lá dentro, quem é que está no controle.

A verdade grita. Provoca febres, salta aos olhos, desenvolve úlceras. Nosso corpo é a casa da verdade, lá de dentro vêm todas as informações que passarão por uma triagem particular: algumas verdades a gente deixa sair, outras a gente aprisiona. Mas a verdade é só uma: ninguém tem dúvida sobre si mesmo.

Podemos passar anos nos dedicando a um emprego sabendo que ele não nos trará recompensa emocional. Podemos conviver com uma pessoa mesmo sabendo que ela não merece confiança. Fazemos essas escolhas por serem as mais sensatas ou práticas, mas nem sempre elas estão de acordo com os gritos de dentro, aquelas vozes que dizem: vá por este caminho, se preferir, mas você nasceu para o caminho oposto. Até mesmo a felicidade, tão propagada, pode ser uma opção contrária ao que intimamente desejamos. Você cumpre o ritual todinho, faz tudo como o esperado e é feliz, puxa, como é feliz. E o grito lá dentro: mas você não queria ser feliz, queria viver!

Eu não sei se teria coragem de jogar tudo para o alto.
Sabe.
Eu não sei por que sou assim.
Sabe.

25 de novembro de 2001

A idade da água quente

Você está envelhecendo. Não venha dizer que está com apenas 19 anos, porque isso não muda nada. Estamos envelhecendo diariamente, uns com extremo pesar e outros praticamente sem perceber, porque o que faz a gente perceber que os anos estão nos devorando por dentro são detalhes pequenos de nós mesmos.

Eu, por exemplo, sempre acreditei que manter um espírito jovem bastaria para tocar a vida sem me preocupar com contagens regressivas. Muitos jeans no guarda-roupa, compradora compulsiva de discos e livros, o cabelo ainda meio comprido, internauta e empolgada com certas novidades, achei que poderia ficar cristalizada nos 30 anos até 2017, se corresse tudo bem.

Não está correndo. Aconteceu algo que me pegou desprevenida. Relutei em aceitar, mas com a chegada do inverno tornou-se impossível negar que o tempo está passando pra mim também. Comecei a gostar de sopa.

Eu não gostava de sopa nem de nada que levasse água quente, incluindo chimarrão. Na infância, não tomava porque não gostava do sabor de nenhuma delas, preferia batata frita. E, passada a infância, virou teimosia, não tomava sopa porque o ritual me parecia macabro: encurvar as costas, assoprar levemente a colher e então engolir o caldinho. Prato fundo é louça para matusalém, era o que eu pensava lá nos gloriosos 14 anos e sua vizinhança.

Pois um tempo atrás fui jantar na casa de uma amiga e ela ofereceu um creme de aspargos. Para não ser mal-educada, aceitei um pouquinho, afinal estávamos escutando Björk, as pessoas estavam todas vestidas com o melhor do Mix Bazaar e dali sairíamos para um show no Opinião. Nossa modernidade estava a salvo, então entornei uma concha no prato.

Delirei. Fiquei viciada em creme de aspargos. E em sopa de legumes. E em sopa de cebola, servida com pão, à francesa. Sopa de ervilha, sopa de queijo, sopa de lagosta. Sopa de lagosta foi só uma vez, porém memorável. Hoje eu adoro sopa. Amo sopa. Vou chegar em 2017 feliz com meus dignos 56 anos. Ora bolas, modernidade continua sendo uma coisa de cabeça, o estômago não tem nada a ver com isso.

Ainda bem. Porque eu também dei pra gostar de chá.

30 de junho de 2002

Melhorar para pior

Li esta expressão, "melhorar para pior", na biografia *Viver para contar,* do escritor Gabriel García Márquez, num trecho em que, se bem me lembro – e não lembro bem –, ele falava que havia deixado sua casa para morar num prédio e trocado as sandálias por sapatos. Se não foi assim, o exemplo igualmente serve.

De imediato, lembro de Bombinhas, uma praia de Santa Catarina. A primeira vez em que lá passei um verão, havia apenas casas de pescadores à beira-mar, um mercadinho precário e um único quiosque de madeira onde serviam camarões e caipirinhas a um preço ridículo. Posto de saúde, só na vila de Porto Belo. Naquela época, janeiro de 1980, se contássemos todos os guarda-sóis fincados na areia, não somariam 25. Hoje Bombinhas tem cybercafé, edifícios, minishoppings, asfalto e vários restaurantes de rodízio de frutos do mar – com estacionamento. Se contássemos os guarda-sóis fincados na praia, somariam uns 1.843. Ô, se melhorou.

Outro dia vi uma ex-colega do colégio que tinha paixão por vôlei, jogava muito bem, era bonita, saudável, sempre de tênis, roupas esportivas, diurna, alegre. Hoje trabalha de recepcionista num restaurante, vive trancafiada num blazer risca de giz, de salto alto, dormindo todo dia às 3 da manhã. Tem um bom emprego, não se queixa. Melhorou, sem dúvida.

Bares também melhoram. Nascem botecos pequenos, com cadeiras de palhinha, mesas de madeira, clientela fiel e um garçom que todos chamam pelo nome – Genésio, tira aí um bem gelado! Aí o dono ganha dinheiro, resolve investir, troca a iluminação, o piso, amplia o espaço, incrementa o cardápio, compra umas cadeiras de acrílico, pendura uns alto-falantes na parede, nossa, é outro bar.

Casamento nada mais é do que a evolução do namoro, aquela época de dureza em que o casal passava o final de semana acampando e, de tão apaixonados, sentiam-se hóspedes de um hotel cinco estrelas. Aquela época em que o dia era curto demais para tanta conversa, e a noite, curta demais para todo o resto. Aquela época de palpitações e impaciências. Depois melhora, ou não?

Impossível deter o desenvolvimento de lugares e pessoas. Puro exercício de nostalgia esta crônica. Mas é que fiquei com esta história de "melhorar para pior" na cabeça, tentando detectar o que significa isso, e se bem entendi, melhorar para pior é quando se perde a alma. Se conseguirmos evoluir e ao mesmo tempo manter a alma intacta, aí é o nirvana: melhorar para melhor.

30 de maio de 2004

Todo o resto

"Existe o certo, o errado e todo o resto". Esta é uma frase dita pelo ator Daniel Oliveira representando Cazuza, em conversa com o pai, numa cena que, a meu ver, resume o espírito do filme que esteve em cartaz até pouco tempo. Aliás, resume a vida.

Certo e errado são convenções que se confirmam com meia dúzia de atitudes. Certo é ser gentil, respeitar os mais velhos, seguir uma dieta balanceada, dormir oito horas por dia, lembrar dos aniversários, trabalhar, estudar, casar e ter filhos, certo é morrer bem velho e com o dever cumprido. Errado é dar calote, repetir o ano, beber demais, fumar, se drogar, não programar um futuro decente, dar saltos sem rede. Todo mundo de acordo?

Todo mundo teoricamente de acordo, porém a vida não é feita de teorias. E o resto? E tudo aquilo que a gente mal consegue verbalizar, de tão intenso? Desejos, impulsos, fantasias, emoções. Ora, meia dúzia de normas preestabelecidas não dão conta do recado. Impossível enquadrar o que lateja, o que arde, o que grita dentro de nós.

Somos maduros e ao mesmo tempo infantis, por trás do nosso autocontrole há um desespero infernal. Possuímos uma criatividade insuspeita: inventamos músicas, amores e problemas, e somos curiosos, queremos espiar pelo buraco da fechadura do mundo para descobrir o que não nos contaram. Todo o resto.

O amor é certo, o ódio é errado e o resto é uma montanha de outros sentimentos, uma solidão gigantesca, muita confusão, desassossego, saudades cortantes, necessidade de afeto e urgências sexuais que não se adaptam às regras do bom comportamento. Há bilhetes guardados no fundo das gavetas que contariam outra versão da nossa história, caso viessem a público.

Todo o resto é o que nos assombra: as escolhas não feitas, os beijos não dados, as decisões não tomadas, os mandamentos que não obedecemos, ou que obedecemos bem demais – a troco de quê fomos tão bonzinhos?

Há o certo, o errado e aquilo que nos dá medo, que nos atrai, que nos sufoca, que nos entorpece. O certo é ser magro, bonito, rico e educado, o errado é ser gordo, feio, pobre e analfabeto, e o resto nada tem a ver com estes reducionismos: é nossa fome por ideias novas, é nosso rosto que se transforma com o tempo, são nossas cicatrizes de estimação, nossos erros e desilusões.

Todo o resto é muito mais vasto. É nossa porra-louquice, nossa ausência de certezas, nossos silêncios inquisidores, a pureza e inocência que se mantém vivas dentro de nós mas que ninguém percebe, só porque crescemos. A maturidade é um álibi frágil. Seguimos com uma alma de criança que finge saber direitinho tudo o que deve ser feito, mas que no fundo entende muito pouco sobre as engrenagens do mundo. Todo o resto é tudo que ninguém aplaude e ninguém vaia, porque ninguém vê.

26 de setembro de 2004

Fugir de casa

Qual é a criança que nunca sonhou em fugir de casa? Todo mundo tem uma experiência para contar. A minha aconteceu quando eu tinha uns sete anos de idade. Depois de ter minhas reivindicações não aceitas – provavelmente eu queria um quarto só para mim e não precisar mais escovar os dentes – preparei uma mochila e disse "vou-me embora". Tchau, me responderam.

O quê?? Então é assim? Abri a porta do apartamento, desci um lance de escada e ganhei a rua. Fingi que não vi minha mãe me espiando lá da sacada. Fui caminhando em direção à esquina, torcendo para que viessem me resgatar, mas nada. Olhei para trás. Minha mãe deu um abaninho. Grrrr, ela vai ver só. Apressei o passo. Dobrei a esquina, sumi de vista e, claro, entrei em pânico. Para onde ir? Antes de resolver entre pedir asilo numa embaixada ou tentar a vida numa casa de tolerância, minha mãe já estava me pegando pelo braço e dizendo que a brincadeira havia acabado. Fiquei aliviada, por um lado, mas a ideia de fugir ainda me ocorreria muitas vezes.

O desafio agora seria elaborar um plano de fuga mais realizável, pois estava provado que, sim, eu queria escapar, mas ao mesmo tempo queria ficar. O mundo lá fora era libertador, mas também apavorante. Eu estava numa encruzilhada: queria ser quem eu era, e ser quem eu não era. Qual a saída? Ora, escrever.

Um plano perfeito. De banho tomado, camisola quentinha e com os dentes escovados, eu pegava papel e caneta antes de dormir e inventava uma garota totalmente diferente de mim, e que não deixava de ser eu. Fugia todas as noites sem que ninguém corresse atrás de mim para me trazer de volta. Ia para onde bem queria sem sair do lugar.

Viva as válvulas de escape, que lamentavelmente não gozam de boa reputação. Não sei quem inventou que é preciso ser a gente mesmo o tempo todo, que não se pode diversificar. Se fosse assim, não existiria o teatro, o cinema, a música, a escultura, a pintura, a poesia, tudo o que possibilita novas formas de expressão além do script que a sociedade nos intima a seguir: nascer-estudar-casar-ter filhos-trabalhar-e-morrer. Esse enredo até que tem partes boas, mas o final é dramático demais.

Overdose de realidade é a ruína do ser humano. Há que se ter uma janela, uma porta, uma escada para o imaginário, para o idílico – ou para o tormento, que seja. Ninguém é uma coisa só, ninguém é tão único, tão encerrado em si próprio, tão refém do que lhe foi ensinado. Desde cedo fica evidente que nosso potencial é múltiplo, que há um deus e um diabo morando no mesmo corpo. Como segurar a onda? Fugindo de casa, mas fugindo com sabedoria, sem droga, sem violência – fugindo para se reencontrar através da arte, através do espetáculo da criação, mesmo que sejamos nossa única plateia. Cada um de nós tem obrigação de buscar uma maneira menos burocrática de existir.

31 de outubro de 2004

Prós e contras da ponderação

Quando eu era menina, uma das músicas que mais tocava no rádio dizia: "Não confie em ninguém com mais de 30 anos". Foi gravada pelos irmãos Marcos e Paulo Sérgio Vale, que compuseram outros tantos sucessos.

Eu adorava essa música, porém ela me deixava apreensiva, já que eu não achava muita graça em ser criança, o mundo adulto é que me atraía, não via a hora de crescer. Era uma má notícia descobrir que, ao atravessar a fronteira rumo à maturidade, eu deixaria de ser confiável.

Lembrei dessa música dia desses, quando conversava com uma amiga sobre as relações humanas e nossas escolhas. Fizemos um breve retrospecto da nossa vida até o presente momento e chegamos à conclusão de que estamos bem. Nosso currículo é composto por diversas tarefas bem feitas. Formamos nossas famílias, temos afetos que nos são sagrados, não chegamos até aqui em vão. Passamos dos 30 – na verdade, passamos dos 40 – e o balanço é positivo, as pessoas podem tranquilamente comprar nossos carros usados. Somos confiáveis. Confiáveis até demais.

Não somos dois ou três, somos muitos. Homens e mulheres que estão na meia-idade e que, ao refletir sobre sua trajetória, descobrem que agiram certo na maioria das vezes. Transformaram-se em cidadãos responsáveis, sensatos, zelosos de suas conquistas. Li uma frase num livro da Yasmina Reza que traduz exatamente o que nos acontece.

"Quando deixamos de ser jovens, trocamos paixão por ponderação." Mas ela não abençoa essa troca: "É um crime".

Eu pondero, tu ponderas, nós ponderamos. Procuramos evitar aquilo que tumultuaria nosso morno e satisfatório bem-estar. Mantemos tudo como reza a cartilha. Mas se está tudo no seu devido lugar, por que tomamos tanto remédio para dormir, por que choramos no escuro do cinema, por que insistimos em ler manuais de autoajuda, por que às vezes nos falta ar embaixo do chuveiro?

Talvez porque a gente sinta um misto de culpa e inocência. Estamos agindo certo sem saber onde o certo nos levará, se para o céu ou para uma úlcera. Existem dias – e só confessamos isso para o terapeuta ou para o melhor amigo – em que gostaríamos de sumir no mundo, deixar para trás todos os afetos que nos são sagrados, todo o nosso currículo de tarefas bem feitas, e ficar à disposição do imponderável, dos impulsos, do incerto. Como ficávamos quando tínhamos bem menos idade que agora.

Creio que foi isso que Marcos e Paulo Sérgio Vale quiseram transmitir com sua música. Confiar em quem segue obstinadamente todas as regras pode ser seguro e pode não ser. Há alguma maluquice em quem jamais foge do asfalto, jamais improvisa outro caminho. Há algo de estranho em quem aceita ficar refém de tudo o que construiu. Há um não sei quê ameaçador em quem é tão controlado, tão obediente, tão ponderado. Talvez não devêssemos mesmo confiar cegamente em quem abriu mão da paixão em troca da ponderação, pois uma pessoa capaz de uma atrocidade dessas consigo própria pode ser capaz de coisa muito pior.

12 de dezembro de 2004

Os lúcidos

Quando alguém diz que você é muito lúcido, seu ego fica massageado, não fica? Lucidez, num mundo insano como este, é ouro em pó. Outro dia me disseram que eu era muito lúcida e foi como se tivessem dito que eu era uma joia rara. Enfiei o elogio no bolso e voltei para casa me sentindo a tal. Depois do jantar, abri um livro de poemas do meu amigo Celso Gutfreind, que além de poeta é psiquiatra, mas não atentei para o perigo da combinação. No meio da leitura, encontrei lá um verso que dizia: "Nada neste mundo é mais falso do que um lúcido". Meu castelo de cartas ruiu.

Lúcidos, nós?? Certo está o Celso: não há a mínima chance. Podemos, quando muito, disfarçar, tentar, arriscar uma lucidez rapidinha para ajudar um filho a decidir um caminho, ou para escolher o nosso, mas com que garantias? Somos todos franco-atiradores diante dos medos, dos riscos, dos erros.

Acordo de manhã desejando fazer a mala, colocá-la no meu carro e pegar uma estrada que me leve para longe de mim, mas ao meio-dia estou sentadinha na sala de jantar comendo arroz, feijão, bife e batatas fritas com um sorriso no rosto e cronometrando as horas para não me atrasar para a mamografia: uma mulher lúcida, extremamente.

Tem noites em que o sono não vem, me reviro na cama deixando que me invadam os piores prognósticos: não sobreviverei ao dia de amanhã, não terei como pagar as contas, quem me cuidará quando eu for velha, o que faço com aquela camiseta tenebrosa que comprei, não posso esquecer de telefonar, de dizer, de avisar, e o escuro do quarto pesa sobre minha insensatez, até que o dia amanheça e me traga de volta a lucidez.

Enquanto trabalho com ar de moça séria e ajuizada, minha cabeça parece uma metralhadora giratória, os pensamentos sendo disparados a esmo: digo ou não digo; fico ou não fico; tento ou não tento – quem de mim é a sã e quem é a louca, por que ontem eu não estava a fim e hoje estou tão apaixonada, como estarei raciocinando daqui a duas horas, em linha reta ou por vias tortas? Alguém bate na porta interrompendo meus devaneios, é o zelador entregando a correspondência, eu agradeço e sorrio, gentil, demonstrando minha perfeita sanidade.

Que controle tenho eu sobre o que ainda não me aconteceu? E sobre o já acontecido, que segurança posso ter de que minha memória seja justa, de que minhas lembranças não tenham sido corrompidas? Quero e não quero a mesma coisa tantas vezes ao dia, alterno o sim e o não intimamente, tenho dúvidas impublicáveis, e ainda assim me visto com sobriedade, respondo meus e-mails e não cometo infrações de trânsito, sou confiável, sou uma doida.

E essa constatação da demência que os dias nos impingem não seria lucidez das mais requintadas? É de pirar.

27 de março de 2005

A morte por trás de tudo

Outro dia estava com uma amiga num bar, conversando num final de tarde, quando a noite caiu e as mesas passaram a ser ocupadas por mulheres deformadas pelo excesso de botox. Falavam alto e ostentavam bronzeados e decotes que seriam perfeitos num clube de strippers. O conceito de beleza delas, decididamente, não incluía elegância nem naturalidade. Minha amiga comentou: esse mulherio é bem informado, lê revistas, livros sobre moda, por que será que pisam na bola desse jeito? No que eu respondi: só pode ser medo da morte, ué. E rimos como duas crianças, apesar de o assunto estar longe de ser piada.

Peruíce não é falta de gosto, e sim pânico gerado pela proximidade do fim. Muita gente tenta deter o tempo manipulando o próprio rosto e se caricaturando sem autopiedade – e sem autocrítica. Porém, o tempo continua passando da mesma forma, só que ele é mais implacável com quem joga fora suas expressões, que é o que temos de mais jovial. Uma senhora idosa pode muito bem ter um ar de garota. É insano abrir mão disso para ficar com rosto de boneco de cera.

Continuamos a conversar, minha amiga e eu, e chegamos à conclusão de que o mundo nunca esteve tão apavorado como agora. A escritora Fernanda Young, ao escrever sobre o filme *Closer*, detectou o medo da morte por trás das atitudes instáveis dos personagens. Perfeito, é isso mesmo. É preciso ser muito macho (e aí incluo a macheza das mulheres) para manter um relacionamento longo, estável, à base de concessão e perseverança. Quem não tem fôlego para tanto, opta pelo troca-troca, que é mais fácil e dá a sensação de estar "aproveitando a vida" antes que a morte venha e crau.

A gente casa por medo da morte – solidão, para muitos, é morte – e se separa por medo da morte – rotina, para muitos, também é. A gente viaja para fugir da morte, a gente dança para espantar a morte, a gente gargalha para enfrentar a morte, a gente reza para se aliar à morte, a gente pensa nela o tempo todo. É nossa única e inabalável certeza.

Sendo assim, dedicamos todos os nossos dias a tentar nos salvar. Estamos sempre atrás de uma receita que evite esse fim abrupto que nos aguarda lá adiante, ou ali adiante. Corremos no calçadão, procuramos nos alimentar decentemente, ouvimos música, saímos para beber com os amigos e não nos sentimos vivos se não estivermos apaixonados – porque a paixão é o único sentimento que faz a gente se sentir imortal – e assim vamos tentando manter a morte o mais distante possível. Somos doutores em alegria, somos simpáticos a tudo o que nos faz rir, e chamamos equivocadamente de infelicidade aquilo que é silencioso e repetitivo, porque silêncio e tédio nos lembram você sabe o quê. Pirados, todos nós, e com toda a razão: não é mole viver com a consciência de que sumiremos de uma hora para a outra. A única saída é não dar muita bandeira deste nosso pavor. Ansiedade, sim, envelhece.

1º de maio de 2005

A vida que pediu a Deus

Se fosse feita uma enquete nas ruas com a pergunta "você tem a vida que pediu a Deus?", a maioria responderia com um sonoro quá quá quá. Lógico que alguém desempregado, doente ou que tenha sido vítima de uma tragédia pessoal não estará muito entusiasmado. Mas mesmo os que teriam motivos para estar – aqueles que possuem emprego, saúde e alguma relação afetiva, que é considerada a tríade da felicidade – também não têm achado muita graça na vida.

O mundo é habitado por pessoas frustradas com o próprio trabalho, pessoas que não estão satisfeitas com o relacionamento que construíram, pessoas saudosas de velhos amores, pessoas que gostariam de estar morando em outro lugar, pessoas que se julgam injustiçadas pelo destino, pessoas que não aguentam mais viver com o dinheiro contado, pessoas que gostariam de ter uma vida social mais agitada, pessoas que prefeririam ter um corpo mais em forma, enfim, os exemplos se amontoam. Se formos espiar pelo buraco da fechadura de cada um, descobriremos que estão todos relativamente bem, mas poderiam estar melhor.

Por que não estão? Ora, a culpa é do governo, do papa, da sociedade, do capitalismo, da mídia, do inferno zodiacal, dos carboidratos, dos hormônios e demais bodes expiatórios dos nossos infernizantes dilemas. A culpa é de tudo e de todos, menos nossa.

Um amigo meu, psiquiatra, costuma dizer uma frase atordoante. Ele acredita que todas as pessoas possuem a vida que desejam. Podem até não estar satisfeitas, mas vivem exatamente do jeito que acham que devem. Ninguém os força a nada, nem o governo, nem o papa, nem a mídia. A gente tem a vida que pediu, sim. Se ela não está boa, quem nos impede de buscar outras opções?

Quase subo pelas paredes quando entro neste papo com ele porque respeito muito as fraquezas humanas. Sei como é difícil interromper uma trajetória de anos e se arriscar no desconhecido. Reconheço os diversos fatores – família, amigos, opinião alheia – que nos conduzem ao acomodamento.

Por outro lado, sei que esse meu amigo está certo. Somos os roteiristas da nossa própria história, podemos dar o final que quisermos para nossas cenas. Mas temos que querer de verdade. Querer pra valer. É este o esforço que nos falta.

A mulher que diz que adoraria se separar, mas não o faz por causa dos filhos, no fundo não quer se separar. O homem que diz que adoraria ganhar a vida em outra atividade, mas já não é jovem para experimentar, no fundo não quer tentar mais nada.

É lá no fundo que estão as razões verdadeiras que levam as pessoas a mudar ou a manter as coisas como estão. É lá no fundo que os desejos e as necessidades se confrontam. Em vez de se queixar, ganharíamos mais se nadássemos até lá embaixo para trazer a verdade à tona. E, então, deixar de sofrer.

2005

Lembranças mal lembradas

A maioria dos nossos tormentos não vêm de fora, estão alojados na nossa mente, cravados na nossa memória. Nossa sanidade (ou insanidade) se deve basicamente à maneira como nossas lembranças são assimiladas. "As pessoas procuram tratamento psicanalítico porque o modo como estão lembrando não as libera para esquecer." Frase do psicanalista Adam Phillips, publicada no livro *O flerte*.

Como é que não pensamos nisso antes? O que nos impede de ir em frente é uma lembrança mal lembrada que nos acorrenta ao passado, estanca o tempo, não permite avanço. A gente implora a Deus para que nos ajude a esquecer um amor, uma experiência ruim, uma frase que nos feriu, quando na verdade não é esquecer que precisamos: é lembrar corretamente. Aí, sim: lembrando como se deve, a ânsia por esquecimento poderá até ser dispensada, não precisaremos esquecer de mais nada. E, não precisando, vai ver até esqueceremos.

Ah, se tudo fosse assim tão simples. De qualquer maneira, já é um alento entender as razões que nos deixam tão obcecados, tristes, inquietos. São as tais lembranças mal lembradas.

Você fez cinco anos, sonhava em ganhar a primeira bicicleta, seu pai foi viajar e esqueceu. Uma amiga íntima, que conhecia todos os seus segredos, roubou seu namorado. Sua mãe é fria, distante, e percebe-se que ela prefere disparado sua irmã mais nova. E aquele amor? Quanta mágoa, quanta decepção, quanto tempo investido à toa, e você não esquece – passaram-se anos e você, droga, não esquece.

Essas situações viram lembranças, e essas lembranças vão se infiltrando e ganhando forma, força e tamanho, e daqui a pouco nem sabemos mais se elas seguem condizentes com o fato ocorrido ou se evoluíram para algo completamente alheio à realidade. Nossa percepção nunca é cem por cento confiável.

O menino de cinco anos superdimensionou uma ausência que foi emergencial, não proposital.

Você nem gostava tanto assim daquele namorado que sua amiga surrupiou (aliás, eles estão casados até hoje, não foi um capricho dela).

Sua mãe tratava as filhas de modo diferenciado porque cada filho é de um modo, cada um exige uma demanda de carinho e atenção diferente, o dia que você tiver filhos vai entender que isso não é desamor.

E aquele cara perturba seu sono até hoje porque você segue idealizando o sujeito, se recusa a acreditar que o amor vem e passa. Tudo parecia tão perfeito, ele era o tal príncipe do cavalo branco sem tirar nem pôr. Ajuste o foco: o coitado foi apenas o ser humano que cruzou a sua vida quando você estava num momento de carência extrema. Libere-o dessa fatura.

São exemplos simplistas e inventados, não sou do ramo. Mas Adam Phillips é, e me parece que ele tem razão. Nossas lembranças do passado precisam de eixo, correção de rota, dimensão exata, avaliação fria – pena que nada disso seja fácil. Costumamos lembrar com fúria, saudade, vergonha, lembramos com gosto pelo épico e pelo exagero. Sorte de quem lembra direito.

2005

O permanente e o provisório

O casamento é permanente, o namoro é provisório.
O amor é permanente, a paixão é provisória.
Uma profissão é permanente, um emprego é provisório.
Um endereço é permanente, uma estada é provisória.
A arte é permanente, a tendência é provisória.
De acordo? Nem eu.
Um casamento que dura vinte anos é provisório. Não somos repetições de nós mesmos, a cada instante somos surpreendidos por novos pensamentos que nos chegam através da leitura, do cinema, da meditação. O que eu fui ontem e anteontem já é memória. Escada vencida degrau por degrau, mas o que eu sou neste momento é o que conta, minhas decisões valem para agora, hoje é o meu dia, nenhum outro.
Amor permanente... Como a gente se agarra nessa ilusão. Pois se nem o amor por nós mesmos resiste tanto tempo sem umas reavaliações. Por isso nos transformamos, temos sede de aprender, de nos melhorar, de deixar pra trás nossos imensuráveis erros, nossos achaques, nossos preconceitos, tudo o que fizemos achando que era certo e hoje condenamos. O amor se infiltra dentro de nós, mas seguem todos em movimento: você, o amor da sua

vida e o que vocês sentem. Tudo pulsando independentemente, e passíveis de se desgarrar um do outro.

Um endereço não é para sempre, uma profissão pode ser jogada pela janela, a amizade é fortíssima até encontrar uma desilusão ainda mais forte, a arte passa por ciclos, e se tudo isso é soberano e tem valor supremo, é porque hoje acreditamos nisso, hoje somos superiores ao passado e ao futuro, agora é que nossa crença se estabiliza, a necessidade se manifesta, a vontade se impõe – até que o tempo vire.

Faço menos planos e cultivo menos recordações. Não guardo muitos papéis, nem adianto muito o serviço. Movimento-me num espaço cujo tamanho me serve, alcanço seus limites com as mãos, é nele que me instalo e vivo com a integridade possível. Canso menos, me divirto mais e não perco a fé por constatar o óbvio: tudo é provisório, inclusive nós.

2005

Aristogatos

Nunca imaginei ter um bicho de estimação por uma questão de ordem prática: moro em apartamento, sempre morei. E se morasse em casa, escolheria um cachorro. Logo, nunca considerei a hipótese de ter um gato, fosse no térreo ou no décimo andar. Quando me falavam em gato, eu recorria a todos os chavões para encerrar o assunto: gato é um animal frio, não interage, a troco de que ter um enfeite de quatro patas circulando pela casa?

Hoje, dona apaixonada de um gato de cinco meses (e morando no décimo andar), já consigo responder essa pergunta pegando emprestada uma frase de um tal Wesley Bates: "Não há necessidade de esculturas numa casa onde vive um gato". Boa, Wesley, seja você quem for. Gato é a manifestação soberana da elegância, é uma obra de arte em movimento. E se levarmos em consideração que a elegância anda perdendo de 10 x 0 para a vulgaridade, está aí um bom motivo para ter um bichano aninhado entre as almofadas.

Só que encasquetei de buscar argumentos ainda mais conclusivos. Por que, afinal, eu me encantei de tal modo por um felino? Comecei a ler outras frases irônicas e aparentemente pouco elogiosas. Mark Twain disse que gatos são inteligentes: aprendem qualquer crime com facilidade. Francis Galton disse que o gato é antissocial. Rob Kopack disse que, se eles pudessem falar, mentiriam para nós. Saki disse que o gato é doméstico só até onde convém aos seus interesses. Estava explicado por que gamei: qual a mulher que não tem uma quedinha por cafajestes?

Ser dona de um cachorro deve ser sensacional. Lealdade, companheirismo, reciprocidade, eu sei, eu sei, eu vi o filme do Marley. Cão é boa gente. Só que o meu cachorro preferido no cinema nunca foi da estirpe de um Marley. Era o Vagabundo, sabe aquele do desenho animado? O que reparte com a Dama um fio de macarrão, ambos mastigam, um de cada lado, e mastigam, mastigam até que... Eu trocaria todos os príncipes loiros e bem comportados da Branca de Neve e da Cinderela pelo livre e irreverente Vagabundo, que foi o personagem fetiche da minha infância. E lembrando dele agora, consigo entender a razão: aquele malandro tinha alma de gato.

Imagino que, com esta crônica, eu esteja revelando o lado menos nobre do meu ser. Pareço tão sensata, tão bem resolvida, tão madura. Quá! Tenho outra por dentro. Que vergonha. Levei mais de quarenta anos para me dar conta de que não faço questão de uma criatura que me siga, que me agrade, que me idolatre, que me atenda imediatamente ao ser chamado, que me convide para passear com ele todo dia. Sendo charmoso, na dele e possuindo ao menos alguma condescendência comigo, tem jogo.

Credo, um simples gato me fez descobrir que sou mulher de bandido.

7 de janeiro de 2010

Terapia do joelhaço

Sentado em sua poltrona de couro marrom, ele me ouviu com a mão apoiada no queixo por dez minutos, talvez doze minutos, até que me interrompeu e disse: "Tu estás enlouquecendo".

Não é exatamente isso que se sonha ouvir de um psiquiatra. Se você vem de uma família conservadora que acredita que terapia é pra gente maluca, pode acabar levando o diagnóstico a sério. Mas eu não venho de uma família conservadora, ao menos não tanto.

Comecei a gargalhar e em segundos estava chorando. "Como assim, enlouquecendo??"

Ele riu. Deixou a cabeça pender para um lado e me deu o olhar mais afetuoso do mundo, antes de dizer: "Querida, só existem duas coisas no mundo: o que a gente quer e o que a gente não quer".

Quase levantei da minha poltrona de couro marrom (também tinha uma) para esbravejar: "Então é simples desse jeito? O que a gente quer e o que a gente não quer? Olhe aqui, dr. Freud (um pseudônimo para preservar sua identidade), tem gente que faz análise durante catorze anos, às vezes mais ainda, vinte anos, e você me diz nos meus primeiros quinze minutos de consulta que a vida se resume ao nossos desejos e nada mais? Não vou lhe pagar um tostão!".

Ele jogou a cabeça pra trás e sorriu de um jeito ainda mais doce. Eu joguei a cabeça pra frente, escondi os olhos com as mãos e chorei um pouquinho mais. Não é fácil ouvir uma verdade à queima-roupa.

"Tem gente que precisa de muitos anos para entender isso, minha cara." Suspirei e deduzi que era uma homenagem: ele me julgava capaz daquela verdade sem precisar frequentar seu consultório até ficar velhinha. Além disso, fiz as contas e percebi que ele estava me poupando de gastar uma grana preta.

Tá, e agora, o que eu faço com essa batata quente nas mãos, com essa revelação perturbadora?

Passo adiante, ora. Extra, extra, só existe o seu desejo. É o desejo que manda. Esse troço que você tem aí dentro da cachola, essa massa cinzenta, parecendo um quebra-cabeça, ela só lhe distrai daquilo que realmente interessa: o seu desejo. O rei, o soberano, o infalível, é ele, o desejo. Você pode silenciá-lo à força, pode até matá-lo, caso não tenha forças para enfrentá-lo, mas vai sobrar o que de você? Vai restar sua carcaça, seu zumbi, seu avatar caminhando pelas ruas desertas de uma cidade qualquer. Você tem coragem de desprezar a essência do que faz você existir de fato?

É tão simples que nem seria preciso terapia. Ou nem seria preciso mais do que meia dúzia de consultas. Mas quem disse que, sendo complicados como somos, o simples nos contenta? Por essas e outras, estamos todos enlouquecendo.

25 de abril de 2010

Amputações

Quando o filme *127 Horas* estreou no cinema, resisti à tentação de assisti-lo. Achei que a cena da amputação do braço, filmada com extremo realismo, não faria bem para meu estômago. Mas agora que saiu em DVD, corri para a locadora. Em casa eu estaria livre de dar vexame. Quando a famosa cena iniciasse, bastaria dar um passeio até à cozinha, tomar um copo d'água, conferir as mensagens no celular, e então voltar para a frente da tevê quando a desgraceira estivesse consumada. Foi o que fiz.

O corte, o tão famigerado corte, no entanto, faz parte da solução, não do problema. São cinco minutos de racionalidade, bravura e dor extrema, mas é também um ato de libertação, a verdadeira parte feliz do filme, ainda que tenhamos dificuldade de aceitar que a felicidade pode ser dolorosa. É muito improvável que o que aconteceu com o Aron Ralston da vida real (interpretado no filme por James Franco) aconteça conosco também, e daquele jeito. Mas, metaforicamente, alguns homens e mulheres conhecem a experiência de ficar com um pedaço de si aprisionado, imóvel, apodrecendo, impedindo a continuidade da vida. Muitos tiveram a sua grande rocha para mover, e não conseguindo movê-la, foram obrigados a uma amputação dramática, porém necessária.

Sim, estamos falando de amores paralisantes, mas também de profissões que não deram retorno, de laços familiares que tivemos de romper, de raízes que resolvemos abandonar, cidades que deixamos. De tudo que é nosso, mas que teve que deixar de ser, na marra, em troca da nossa sobrevivência emocional. E física, também, já que insatisfação é algo que debilita.

Depois que vi o filme, passei a olhar para pessoas desconhecidas me perguntando: qual será a parte que lhes falta? Não o "pedaço de mim" da música do Chico Buarque, aquela do filho que já partiu, mutilação mais arrasadora que há, mas as mutilações escolhidas, o toco de braço que tiveram que deixar para trás a fim de começarem uma nova vida. Se eu juntasse alguns transeuntes aleatoriamente duvido que encontrasse um que afirmasse: cheguei até aqui sem nenhuma amputação autoprovocada. Será? Talvez seja um sortudo. Mas é mais provável que tenha faltado coragem.

Às vezes o músculo está estendido, espichado, no limite: há um único nervo que nos mantém presos a algo que não nos serve mais, porém ainda nos pertence. Fazer o talho machuca. Dói de dar vertigem, de fazer desmaiar. E dói mais ainda porque se sabe que é irreversível. A partir dali, a vida recomeçará com uma ausência.

Mas é isso ou morrer aprisionado por uma pedra que não vai se mover sozinha. O tempo não vai mudar a situação. Ninguém vai aparecer para salvá-lo. 127 horas, 2.300 horas, 6.450 horas, 22.500 horas que se transformam em anos.

Cada um tem um cânion pelo qual se sente atraído. Não raro, é o mesmo cânion do qual é preciso escapar.

31 de julho de 2011

Medo de errar

"A gente é a soma das nossas decisões."

É uma frase da qual sempre gostei, mas lembrei dela outro dia num local inusitado: dentro do super. Comprar maionese, band-aid e iogurte, por exemplo, hoje requer o que se chama por aí de expertise. Tem maionese tradicional, light, premium, com leite, com ômega-3, com limão. Band-aid, há de todos os formatos e tamanhos, nas versões transparente, extratransparente, colorido, temático, flexível. Absorvente com aba e sem aba, com perfume e sem perfume, cobertura seca ou suave. Creme dental contra o amarelamento, contra o tártaro, contra o mau hálito, contra a cárie, contra as bactérias. É o melhor dos mundos: aumentou a diversificação. E, com ela, o medo de errar.

Assim como antes era mais fácil fazer compras, também era mais fácil viver. Para ser feliz, bastava estudar (Magistério para as moças), fazer uma faculdade (Medicina, Engenharia ou Direito para os rapazes), casar (com o sexo oposto), ter filhos (no mínimo dois) e manter a família estruturada até o fim dos dias. Era a maionese tradicional.

Hoje existem várias "marcas" de felicidade. Casar, não casar, juntar, ficar, separar. Homem e mulher, homem com homem, mulher com mulher. Ter filhos biológicos, adotar, inseminação artificial, barriga de aluguel – ou simplesmente não os ter. Fazer intercâmbio, abrir o próprio negócio, tentar um concurso público, entrar para a faculdade. Mas estudar o quê? Só de cursos técnicos, profissionalizantes e universitários há centenas. Computação Gráfica ou Informática Biomédica? Editoração ou Ciências Moleculares? Moda, Geofísica ou Engenharia de Petróleo?

A vida padronizada podia ser menos estimulante, mas oferecia mais segurança, era fácil "acertar" e se sentir um adulto. Já a expansão de ofertas tornou tudo mais empolgante, só que incentivou a infantilização: sem saber ao certo o que é melhor para si, surgiu o pânico de crescer.

Hoje, todos parecem ter 10 anos menos. Quem tem 17, age como se tivesse 7. Quem tem 28, parece 18. Quem tem 39, vive como se fossem 29. Quem tem 40, 50, 60, mesma coisa. Por um lado, é ótimo ter um espírito jovial e a aparência idem, mas até quando se pode adiar a maturidade?

Só nos tornamos adultos quando perdemos o medo de errar. Não somos apenas a soma das nossas escolhas, mas também das nossas renúncias. Crescer é tomar decisões e depois conviver em paz com a dúvida. Adolescentes prorrogam suas escolhas porque querem ter certeza absoluta – errar lhes parece a morte. Adultos sabem que nunca terão certeza absoluta de nada, e sabem também que só a morte física é definitiva. Já "morreram" diante de fracassos e frustrações, e voltaram pra vida. Ao entender que é normal morrer várias vezes numa única existência, perdemos o medo – e finalmente crescemos.

25 de setembro de 2011

Narrar-se

Sou fã de psicanálise, de livros de psicanálise, de filmes sobre psicanálise e não pretendo desgrudar o olho da nova série do GNT, *Sessão de terapia*, dirigida por Selton Mello. Algum voyeurismo nisso? Total. Quem não gostaria de ter acesso ao raio X emocional dos outros? Somos todos bem-resolvidos na hora de falar sobre nós mesmos num bar, num almoço em família, até escrevendo crônicas. Mas, em colóquio secreto e confidencial com um terapeuta, nossas fraquezas é que protagonizam a conversa. Por 50 minutos, despejamos nossas dúvidas, traumas, desejos, sem temer passar por egocêntricos. É a hora de abrir-se profundamente para uma pessoa que não está ali para condenar ou absolver, e sim para estimular que você escute atentamente a si mesmo e assim consiga exorcizar seus fantasmas e viver de forma mais desestressada. Alguns pacientes desaparecem do consultório logo após o início das sessões – não estão preparados para esse enfrentamento. Outros levam anos até receber alta. E há os que nem quando recebem vão embora, tal é o prazer de se autoconhecer, um processo que não termina nunca. Desconfio que será o meu caso. Minha psicanalista um dia terá que correr comigo e colocar um rottweiler na recepção para impedir que eu volte. Já estou bolando umas neuroses bem cabeludas para o caso de ela tentar me dispensar.

Analisar-se é aprender a narrar a si mesmo. Parece fácil, mas muitas pessoas não conseguem falar de si, não sabem dizer o que sentem. Para mim não é tão difícil, já que escrever ajuda muito no exercício de expor-se. Quem escreve está sempre se delatando, seja de forma direta ou camuflada. E como temos inquietações parecidas, os leitores se identificam: "Parece que você lê meus pensamentos". Não raro, eles levam textos de seus autores preferidos para as consultas com o analista, a fim de que aqueles escritos ajudem a elaborar sua própria narrativa.

Meus pensamentos também são provocados por diversos outros escritores, e ainda por músicos, jornalistas, cineastas. Esse intercâmbio de palavras e sentimentos ajuda de maneira significativa na nossa própria narração interna. Escutando o outro, lendo o outro, se emocionando com o outro, vamos escrevendo vários capítulos da nossa própria história e tornando-nos cada vez mais íntimos do personagem principal – você sabe quem.

Selton Mello, em entrevista, disse que para algumas pessoas o programa pode parecer chato, pois é todo baseado no diálogo entre terapeuta e paciente, e isso é algo incomum na televisão, que vive de muita ação e gritaria. De minha parte, terá audiência cativa até o último episódio, pois, mesmo não vivenciando os problemas específicos que a série apresenta, todos nós aprendemos com os dramas que acontecem na porta ao lado, é um bem-vindo convite a valorizar o humano que há em cada um. A introspecção não costuma atingir muitos pontos no ibope, mas é a partir dela que se constrói uma vida que merece ser contada.

7 de outubro de 2012

Sociedade

Meu candidato a presidente

Ele, ou ela, tem entre 40 e 60 anos, talvez um pouco menos ou um pouco mais, a chamada meia-idade, em que já se fizeram algumas besteiras e por conta delas sabe-se o que vale a pena e o que não vale nessa vida.

Nasceu no Norte ou no Sul, não importa, desde que tenha estudado, e se foi em escola pública ou privada, também não importa, desde que tenha lido muito na juventude e mantido o hábito até hoje, e que através da leitura tenha descoberto que o mundo é injusto, mas não está estragado para sempre, que um pouco de idealismo é necessário, mas só um pouco, e que coisas como bom senso e sensibilidade não precisam sobreviver apenas na ficção.

Ele, ou ela, é prático, objetivo e bem-humorado, mas não é idiota. Está interessado em ter parceiros que governem como quem opera, como quem advoga, como quem canta, como quem leciona: com profissionalismo e voltado para o bem do outro, e que o dinheiro seja um pagamento pelos serviços prestados, não um meio ilícito de enriquecer. Alianças, ele quer fazer com todos os setores da sociedade, e basta, e já é muito.

Ele, ou ela, sabe comunicar-se porque seu ofício exige isso, mas comunicar-se é dizer o que pensa e o que faz, e como faz, e por que faz, e se ele possui ou não carisma, é uma questão de sorte, se calhar até tem. Mas não é bonito nem feio: é inteligente. Não é comunista nem neoliberal: é sensato. Não é coronelista nem ex-estudante de Harvard: é honesto.

Meu candidato, ou candidata, é casado, ou solteiro, ou ajuntado, ou gay, pode ter filhos ou não: problema dele. Paga os impostos em dia, tem orgulho suficiente para zelar por seu currículo, possui um projeto realista e bem traçado, e não está muito interessado em ser moderno, mas em ser útil.

Meu candidato, ou candidata, é católico, evangélico, ateu, budista, não sei, não é da minha conta. É avançado quando se trata de melhorar as condições de vida das minorias estigmatizadas e das maiorias patrulhadas, e é retrógrado em questão de finanças: só gasta o que tem em caixa, e não tem duas.

Ele, ou ela, é uma pessoa que tem ideias praticáveis, que aceita as boas sugestões vindas de outros partidos, que não tem vergonha de não ser malandro e sim vergonha de pertencer a uma classe tão desprovida de credibilidade, e tenta reverter isso cumprindo sua missão, que é curta, e sendo curta ele concentra nela todos os seus esforços.

Pronto. Abri meu voto.

31 de março de 2002

O papel higiênico da empregada

Quando a gente é criança, acha que todo mundo é legal, que todo mundo é da paz, e de repente começa a crescer e vai descobrindo que não é bem assim. Eu lembro que, ainda menina, foi um choque descobrir que as pessoas mentiam, enganavam, eram agressivas. Porque aquelas pessoas não eram bandidas: eram colegas de aula, gente conhecida. Eu ficava confusa. Fulana era generosa com os amigos e, ao mesmo tempo, extremamente estúpida com a própria mãe. Beltrana ia à missa todo domingo e nos outros dias remexia na mochila dos colegas para roubar material escolar. Sicrana era sua melhor amiga na terça-feira e na quarta não olhava para a sua cara. Eu chegava em casa, pedia explicações pra família e recebia como resposta: bem-vinda ao mundo.

Eu queria o impossível: olhar para uma pessoa e saber o que poderia esperar dela. Seria uma pessoa do bem? Do mal? Viria a me decepcionar? Todas as pessoas decepcionam, todas cometem erros, mas eu queria encontrar alguma espécie de comportamento que me desse uma pista segura sobre com quem eu estava lidando. Até que certo dia fui na casa de uma colega. De repente, precisei ir ao banheiro. Só havia um no apartamento, e ocupado. Eu estava apertada. Apertadíssima. Minha amiga sugeriu que eu usasse o banheiro da empregada, topei na hora. E lá descobri que o papel higiênico da empregada era diferente do papel usado pelos outros membros da família. Era mais áspero. Parecia uma lixa. Muito mais barato.

Era um costume, e talvez seja até hoje: comprar um tipo de papel higiênico para a família e outro, de pior qualidade, para o banheiro de serviço. Ali estava a pista que eu inocentemente buscava para descobrir a índole das pessoas.

Hoje, adulta, sei que descobrir a índole de alguém é um processo muito mais complexo, mas ainda me surpreendo que algumas pessoas façam certas diferenciações. O relacionamento entre empregados e patrões ainda é uma maneira de se perceber como certos preconceitos seguem bem firmes. Não é por economia que se compra papel higiênico mais barato para a empregada, por mais que seja esse o argumento usado por quem o faz. É para segmentar as castas. É para manter a hierarquia. É pela manutenção do poder.

As pessoas querem tanto acabar com as injustiças sociais e às vezes não conseguem mudar pequenas regras dentro da sua própria casa. Cada um de nós tem um potencial revolucionário, que pode se manifestar através de pequenos gestos. Comprar o mesmo papel higiênico para todos, quem diria, também é uma maneira de lutar por um mundo melhor.

30 de novembro de 2003

Arrogância

Defeitos, quem não os tem? Há os avarentos, os mal-humorados, os fofoqueiros, os mentirosos, os chatos. Não os expulsamos a pontapés do universo porque todos nós, com maior ou menor frequência, um dia também já fomos pão-duros, já passamos uma maledicência adiante e já torramos a paciência alheia. É preciso ser tolerante com os outros se queremos que sejam conosco, não é o que dizem? Então, ok, aceita-se as falhas do vizinho. Mas arrogância não tem perdão.

E os arrogantes não são poucos. Façamos aqui um retrato falado: são aqueles que andam de nariz em pé, certos de que são o último copo d'água do deserto. Aqueles que são grosseiros com subalternos, que se empolgam ao falar de atributos que imaginam ser exclusivos deles, os que furam a fila do restaurante e tomam como ofensa pessoal caso sejam instalados numa mesa mal localizada. São os que ostentam, que dão carteiraço e que sentem um prazer mórbido em humilhar aqueles que sabem menos – ou que podem menos. São os preconceituosos e os que olham o mundo de cima pra baixo. Será que eles acreditam que são assim tão superiores? Lógico que não, e isso é que é patético.

Os arrogantes são os primeiros a reconhecer sua própria mediocridade, e é por isso que precisam levantar a voz e se autopromover constantemente. Eles não toleram a porção de fragilidade que coube a todos nós, seres humanos, e não se acostumam com a ideia de que são exatamente iguais aos seus semelhantes, sejam estes garçons, porteiros de boate ou executivos de multinacionais. Dão a maior bandeira da sua insegurança.

 O arrogante acredita que todos estão a falar (mal) dele, lê entrelinhas que não existem, escuta seu nome mesmo quando não foi pronunciado, e ao descobrir que não é mesmo dele que estão falando, aí é que morre de desgosto. Todo arrogante traz um complexo de inferioridade que salta aos olhos.

 Sempre tive um pouco de pena deles pelo papelão que desempenham em público. Dizem que Naomi Campbell entra nas melhores butiques brasileiras, escolhe algumas roupas e sai sem pagar, acreditando estar enaltecendo a loja com sua simples presença no estabelecimento. É uma arrogante folclórica e inofensiva. Atentos devemos ficar aos arrogantes armados: os que invadem países, os que destroem quem atravessa seu caminho. O caso do juiz cearense é típico: quis entrar num supermercado que já havia fechado e o vigia teve a petulância de tentar impedir. Levou um tiro, claro. Que o juiz alega ser acidental, sem explicar a razão de, depois de disparar, não ter nem ao menos olhado para o cadáver e ter ido direto às gôndolas atrás do que queria comprar: cerveja, gilete, sorvete, sabe-se lá o que lhe era tão urgente.

 Repare bem: quase todos os atos de violência são protagonizados por um arrogante que entra em pânico com a palavra não.

9 de março de 2005

Os honestos

Eles não são muitos, mas nada impede que apareçam na sua vida de repente e coloquem tudo a perder. Eu sei que você se protege, que seus advogados estão bem instruídos, que o pessoal do Recursos Humanos sente o cheiro dessa gente de longe, mas descuidos acontecem, e a qualquer hora do dia ou da noite você pode ter a infelicidade de topar com um deles na sua empresa com crachá e tudo, infiltrado dentro desse império que você construiu com tanto esforço e dedicação, e será o seu fim. Ele vai jogar seu nome na lama. Ele, o honesto.

O honesto não dá pinta de que é honesto, parece um sujeito comum, que você até apresentaria para sua filha. Você jura que ele ganha seu sustento como todo mundo, fazendo uma maracutaiazinha aqui, uma sonegaçãozinha ali, tudo nos conformes. Mas não, ele não é como todo mundo. Ele teve uma infância diferente. Teve pais que lhe deram valores e princípios. É um produto do seu meio, não tem culpa. De certa forma, a sociedade é responsável por ele. Ele é um excluído que só quer encontrar uma forma de sobrevivência, de ser alguém na vida. Escolheu este, o caminho da honestidade.

Veja o que aconteceu nos Estados Unidos recentemente. Um funcionário de uma empresa de TV a cabo se recusou a mentir para os clientes. A companhia sempre treinou seus técnicos para ligarem o equipamento de TV à linha telefônica dos assinantes com o objetivo de lucrar mais. Um troço corriqueiro. Os técnicos diziam que era um procedimento de praxe, que se o equipamento não fosse ligado à linha ele não funcionaria direito – uma mentirinha inocente –, então os clientes topavam e a empresa forrava o bolso de dinheiro com o pagamento das taxas de conexão. Estava tudo correndo bem, até que surgiu esse funcionário que resolveu avisar os clientes de que não era preciso fazer a conexão. Pronto. Por causa de uma única célula ruim, a empresa perdeu milhões, sem falar na desmoralização pública. O sujeito foi demitido, claro.

Assim como ele, há outros honestos atrapalhando o desenvolvimento da sociedade. São aqueles que se negam a receber uma propinazinha para agilizar uma negociação, que denunciam pequenas armações, que não superfaturam notas, que insistem em dizer sempre a verdade e que dão o péssimo exemplo de devolver o que não é deles, menosprezando a própria sorte.

São médicos que não prescrevem remédios à toa, mesmo que o paciente ache que está doente (se ele acha, o que custa incentivá-lo a consumir uns comprimidinhos e alavancar a indústria farmacêutica?). São comerciantes que não vendem produtos com o prazo de validade vencido, servidores que não vendem carteiras de habilitação para quem não fez teste de direção, donos de bar que não vendem bebida alcoólica para menores, todos puxando o freio de mão da nossa economia. Sem falar nos que jamais desviam dinheiro – e assim não distribuem renda.

Não dá pra acobertar essa gente. Quando se desmascara um, tem mesmo que colocar na primeira página do jornal.

10 de maio de 2006

Do tempo da vergonha

A gente costuma dar referências do "nosso tempo", como se o nosso tempo não fosse hoje. Sou do tempo do tênis Conga, da Família Dó-Ré-Mi, da Farrah Fawcett, do Minuano Limão, e essa listagem alonga a estrada atrás de nós, faz parecer que a gente é de outro século. E somos.

Eu sou do tempo de tanta coisa, inclusive do tempo em que as pessoas sentiam vergonha. Você já deve ter reparado que vergonha caiu em desuso, a nova geração não deve nem saber do que se trata. Mas a tia aqui vai explicar.

Vergonha é o que você sente quando coloca em risco sua dignidade. Por exemplo, quando pegam você mentindo. Ou quando flagram você fazendo uma coisa que havia jurado não fazer. Às vezes a vergonha vem de atos corriqueiros, como um tropeção no meio de uma passarela ou uma gafe cometida num jantar. Isso não tem nada de grave, porém, se fez você sentir vergonha, sinal de que você planejava acertar, o que é sempre bom.

Vergonha de ser apresentada a alguém? De falar em público? Também é bobagem, ninguém espera de nós perfeição. Isso é apenas timidez. Será que quem nasceu depois dos anos 80 sabe o que é timidez? Bom, timidez é um certo recato, é quando uma pessoa não faz questão nenhuma de aparecer. Não ria, isso existe.

Mas voltando ao que nos trouxe aqui. Vergonha é o que você deveria sentir quando faz algo errado. É o que deveria sentir quando se desresponsabiliza pelo que está desmoronando à sua volta. Vergonha é quando você se habilita para uma tarefa importante e descobre que não tem competência para executá-la. Vergonha é o que se sente quando interferimos na vida dos outros de forma desastrosa. Vergonha é o que deveria nos impedir de praticar hábitos aparentemente inocentes, como chegar atrasado no teatro quando a peça já começou, e nos impedir de coisas bastante mais sérias, como roubar.

E há a vergonha pelo que representamos coletivamente. Eu, ao menos, senti muita vergonha quando uma turista estrangeira, depois de ficar dois dias confinada num aeroporto brasileiro, sem conseguir embarcar, perguntou a um repórter o que significava o lema "ordem e progresso" na nossa bandeira.

Muitos políticos (para citar uma classe trabalhadora aleatória) não possuem vergonha. Possuem contas no exterior, assessores de marketing, mas vergonha, nenhuma. Posam para fotografias ao lado daqueles cuja mãe já xingaram e aceitam apoio de adversários que já lhes puxaram o tapete. Quando se trata de fazer alianças, a política, de um modo geral, revela-se um bordel, e perdão se estou ofendendo as profissionais do ramo. É bem verdade que restam dois ou três que possuem a decência de dizer: prefiro não me eleger a jogar no lixo meus princípios. Mas para se posicionar assim, é preciso ser do tempo da bala azedinha vendida em lata, do tempo do "Boa noite, John Boy", do tempo dos Novos Baianos, do tempo em que Páscoa significava ressurreição e do tempo em que existia vergonha, coisa que quase ninguém mais sente, poucos lembram o que é e ninguém se esforça para reavivar.

8 de abril de 2007

Não sorria, você está sendo filmado

Sou incentivadora de alguns métodos clássicos para garantir a segurança pública – por exemplo, policiais bem remunerados e bem treinados, e em quantidade suficiente para monitorar as ruas. Mas não sou fanática. Tenho me constrangido com um procedimento que está se tornando comum nos "prédios inteligentes", todos eles de escritórios. Falo dessa mania irritante de nos ficharem na recepção.

Antes de pegar o elevador, é preciso passar por uma catraca. E, antes da catraca, há os recepcionistas que, não bastasse pedirem nossos documentos (até aí, ok), pedem para nos fotografar e também para que a gente aplique nossa digital num sensor para que a visita fique registrada para a posteridade. Não deve ser muito diferente de entrar num presídio, só que não estou visitando nenhuma cadeia de segurança máxima, quero apenas consultar um dentista.

Outro dia fui bem antipática num desses halls de entrada, logo eu que costumo ser uma flor de condescendência.

Pediram documentos, dei.

Pediram para tirar foto, tirei.

Pediram para aplicar minha digital numa máquina, apliquei.

Mas minha digital não ficou registrada. Sei lá, o manuseio diário do teclado do computador deve ter gasto a ponta dos meus dedos.

Então a recepcionista me perguntou: posso passar um hidratante na sua mão?

Juro, sou calma, uma monja beneditina, mas não vou passar um hidratante qualquer no meio de uma tarde calorenta só porque minha digital não está sendo bem registrada por uma máquina incompetente. Vim trazer minha filha para uma consulta de revisão, e não trazer escondido um celular para um traficante.

Coitada da moça, estava ali apenas cumprindo ordens. Eu não disse nada disso, não nesse tom, mas, admito, me recusei a passar o tal creme. Acabaram me deixando entrar a contragosto, temendo que eu violasse todos os códigos de segurança e estivesse escondendo uma Uzi embaixo do vestido a fim de cometer uma carnificina naquele prédio todo espelhado. Ah, me deu vontade mesmo de incorporar um Javier Bardem, de cabelinho chanel e portando uma arma de matar gado. Onde os fracos não têm vez, rá-tá-tá-tá.

Da mesma forma, meu espírito selvagem aflora cada vez que vejo uma placa avisando: sorria, você está sendo filmado! Sorrio nada. E quase viro um Hannibal Lecter quando passo por aquelas portas giratórias e intimidantes dos bancos, onde revistam nossa bolsa como se vasculhassem nossa alma. Sei que são tempos difíceis e paranoicos, sei que todo esse aparato serve para identificar criminosos, mas cá entre nós: é uma praga essa histeria com segurança. Daqui a pouco essa vigilância insana vai se tornar mais desconfortável do que ser gentilmente assaltado.

23 de abril de 2008

A turma do dããã

Tenho observado esse pessoal faz um tempo. Eles me provocam reações diversas: sinto repulsa, sinto medo, sinto desânimo, mas acho que a sensação que prevalece é mesmo a compaixão. Porque eles são tão recalcados que não conseguem se manifestar no mundo de outra forma. A única coisa que possuem para exibir é isso: seu espírito de porco.

Não é um defeito novo, mas ganhou um espaço de divulgação inimaginável na internet. Se antes eles exerciam seu espírito de porco em pequenos grupos, em comentários ferinos para meia dúzia de ouvidos, agora eles abusam da sua tolice em rede internacional para um público tão amplo que os deixa embriagados com o alcance atingido. Eles são os neorretardados, os pusilânimes de grande escala.

Se você é uma pessoa de discernimento, que seleciona a informação que obtém, talvez ainda não tenha se deparado com eles. Sorte sua. Mas se tiver curiosidade de saber como a coisa funciona, entre em qualquer site de notícias e dê uma olhada nos comentários deixados. É de perder a esperança num mundo mais elegante.

Para exemplificar: nas últimas semanas um site colocou no ar duas notícias de segunda linha, que não chegaram a repercutir mais do que poucas horas. Uma delas era sobre uma garota de dezoito anos que se jogou da Torre Eiffel, em Paris. Chegaram a dizer que seria uma brasileira, mas era uma africana. Em poucos minutos, essa notícia gerou 1.581 comentários de gente lesada das ideias, cujo único prazer é fazer piadinha sobre a dor alheia, sem conseguir articular um raciocínio lógico. Pessoas que têm na agressividade sua única forma de expressão. Foram 1.581 comentários que deixam claro a quantidade de infelizes espalhados por todos os cantos. Porque o espírito de porco nada mais é do que uma exposição despudorada de infelicidade. Como o cara não se suporta, detona com tudo o que vê pela frente.

No mesmo dia desse suicídio, foi noticiada também a estreia da primeira gondoleira de Veneza. Depois de séculos de hegemonia masculina, agora há uma mulher conduzindo turistas nas gôndolas da mais deslumbrante cidade italiana. Fato que não mobiliza o mundo como a morte de Michael Jackson, mas é uma informação curiosa e simpática, que poderia gerar saudações a mais este espaço conquistado pelas mulheres, ou ser simplesmente ignorada, o que também é legítimo. Mas não. Os espíritos de porco, sem ter nada mais produtivo pra fazer, deixaram registradas suas manifestações de preconceito, numa exibição constrangedora de estreiteza mental. Porque o espírito de porco não é apenas uma pessoa com o humor mal-lapidado. Ele é um ignorante com empáfia.

Se fossem poucos, nada a temer. Mas a tacanhice é uma epidemia bem mais assustadora do que qualquer gripe. Porque não é temporária e tampouco tem cura. É o retrato do isolamento e da deseducação de uma geração que, ao ter um teclado à disposição e o anonimato garantido, expõe toda sua miséria intelectual e afetiva. É a turma do "dããã" ganhando voz e propagando a mediocridade universal.

5 de agosto de 2009

A fé de uns e de outros

Apoio que as pessoas se manifestem publicamente contra a violência urbana, contra os altos impostos que não são revertidos em benefícios sociais, contra a corrupção, contra a injustiça, contra o descaso com o meio ambiente, enfim, contra tudo o que prejudica o desenvolvimento da sociedade e o bem-estar pessoal de cada um. No entanto, tenho dificuldade de entender a mobilização, geralmente furiosa, contra escolhas particulares que não afetam em nada a vida de ninguém, a não ser os diretamente envolvidos, caso da legalização do casamento gay, que acaba de ser aprovado na Argentina.

Se dois homens ou duas mulheres desejam viver amparados por todos os direitos civis que um casal hétero dispõe, em que isso atrapalha a minha vida ou a sua? Estarão eles matando, roubando, praticando algum crime? No caso de poderem adotar crianças, seria mais saudável elas serem criadas em orfanatos do que num lar afetivo? Ou será que se está temendo que a legalização seja um estímulo para os indecisos? Ora, a homossexualidade faz parte da natureza humana, não é um passatempo, um modismo. É um fato: algumas pessoas se sentem atraídas – e se apaixonam – por parceiros do mesmo sexo. Acontece desde que o mundo é mundo. E se por acaso um filho ou neto nosso tiver essa mesma inclinação, é preferível que ele cresça numa sociedade que não o estigmatize. Ou é lenda que queremos o melhor para nossos filhos?

No entanto, o que a mim parece lógico não passa de um pântano para grande parcela da sociedade, principalmente para os católicos praticantes. Entendo e respeito o incômodo que sentem com a situação, que é contrária às diretrizes do Senhor, mas na minha santa inocência, ainda acredito que religião deveria servir apenas para promover o amor e a paz de espírito. Se for para promover a culpa e decretar que quem é diferente deve arder no fogo do inferno, então que conforto é esse que a religião promete? Não quero a vida eterna ao custo de subjugar quem nunca me fez mal. Prefiro vida com prazo delimitado, porém vivida em harmonia.

Sei que sou uma desastrada em tocar num assunto que deixa meio mundo alterado. Daqui a cinco minutos minha caixa de e-mails estará lotada de ataques, mas me concedam o direito ao idealismo, que estou tentando transmitir com a maior doçura possível: não há nada que faça com que a homossexualidade desapareça como um passe de mágica, ela é inerente a diversos seres humanos e um dia será aceita sem tanto conflito. Só por cima do seu cadáver? Será por cima do cadáver de todos nós, tenha certeza. Claro que ninguém precisa ser conivente com o que lhe choca, mas é mais produtivo batalhar pela erradicação do que torna nossa vida ruim do que se sentir ameaçado por um preconceito, que é algo tão abstrato.

Pode rir, mas acho que acredito mais em Deus do que muito cristão.

25 de julho de 2010

Na terra do se

Se quem luta por um mundo melhor soubesse que toda revolução começa por revolucionar antes a si próprio.

Se aqueles que vivem intoxicando sua família e seus amigos com reclamações fechassem um pouco a boca e abrissem suas cabeças, reconhecendo que são responsáveis por tudo o que lhes acontece.

Se as diferenças fossem aceitas naturalmente e só nos defendêssemos contra quem nos faz mal.

Se todas as religiões fossem fiéis a seus preceitos, enaltecendo apenas o amor e a paz, sem se envolver com as escolhas particulares de seus devotos.

Se a gente percebesse que tudo o que é feito em nome do amor (e isso não inclui o ciúme e a posse) tem cem por cento de chance de gerar boas reações e resultados positivos.

Se as pessoas fossem seguras o suficiente para tolerar opiniões contrárias às suas sem precisar agredir e despejar sua raiva.

Se fôssemos mais divertidos para nos vestir e mobiliar nossa casa, e menos reféns de convencionalismos.

Se não tivéssemos tanto medo da solidão e não fizéssemos tanta besteira para evitá-la.

Se todos lessem bons livros.

Se as pessoas soubessem que quase sempre vale mais a pena gastar dinheiro com coisas que não vão para dentro dos armários, como viagens, filmes e festas para celebrar a vida.

Se valorizássemos o cachorro-quente tanto quanto o caviar.

Se mudássemos o foco e concluíssemos que infelicidade não existe, o que existe são apenas momentos infelizes.

Se percebêssemos a diferença entre ter uma vida sensacional e uma vida sensacionalista.

Se acreditássemos que uma pessoa é sempre mais valiosa do que uma instituição: é a instituição que deve servir a ela, e não o contrário.

Se quem não tem bom humor reconhecesse sua falta e fizesse dessa busca a mais importante da sua vida.

Se as pessoas não se manifestassem agressivamente contra tudo só para tentar provar que são inteligentes.

Se em vez de lutar para não envelhecer, lutássemos para não emburrecer.

Se.

19 de setembro de 2010

Depois se vê

Chuva. Nada mais ancestral. Muita água, pouca água, não importa: choverá. Em vários períodos do ano, mais forte, mais fraco: choverá. Em São Paulo, Minas, Rio, Florianópolis. E também na Alemanha, na Nova Zelândia, no Peru. Choveu nos anos 40, chove em 2011, choverá em 2068. Passado, presente e futuro sob uma única nuvem. Só que o país do futuro não pensa no futuro. Somos totalmente refratários à prevenção.

Tudo o que nos acontece de ruim provoca uma chiadeira, vira escândalo nacional – mas depois. Ficamos estarrecidos, mas depois. O antes é um período de tempo que não existe. Investir dinheiro para evitar o que ainda não aconteceu nos soa como panaquice. Se está tudo bem até às 14h30 dessa quarta-feira, por que acreditar que às 14h31 tudo pode mudar? E então não se investe em hospitais até que alguém morra no corredor, não se policia uma rua até que duas adolescentes sejam estupradas, não se contrata salva-vidas até que meia dúzia morra afogada. Somos os reis em tapar buracos, os bambambãs em varrer para debaixo do tapete, os retardatários de todas as corridas rumo ao desenvolvimento. Não prevemos nada. Adoramos os astrólogos, mas odiamos pesquisa. Consideramos estupidez gastar dinheiro com tragédias que ainda estão em perspectiva. Só o erro consolidado retém nossa atenção.

A gente se entope de açúcar, não usa fio dental e depois vai tratar a cárie, se sentindo privilegiado por poder pagar um dentista. A gente aplaude a arrogância dos filhos e depois vai pagar a fiança na delegacia. A gente fuma três maços por dia e depois processa a indústria tabagista. A gente corre na estrada a 140 km/h, ultrapassa em faixa contínua e depois suborna o guarda, na melhor das hipóteses. Ou então morre, ou mata – na pior delas.

A gente vota em corrupto, depois desdenha da política em mesa de bar. A gente joga lixo no meio fio, depois se surpreende em ter a rua alagada. A gente se expõe em todas as redes sociais, depois esbraveja contra os que invadiram nossa privacidade.

Precisamos de transporte público de qualidade, mas só depois de sediar a Copa do Mundo. A sociedade reclama por profissionais mais gabaritados, mas ninguém investe em professores e em universidades. E os donos de estabelecimentos comerciais só se darão conta de que estão perdendo dinheiro quando descobrirem os pangarés que contrataram para atender seus clientes. Treinamento, nem pensar. Se precisar mesmo, depois.

Precisamos mesmo. De tudo. Só que antes.

26 de janeiro de 2011

Lúcifer no Fasano

Eu estava hospedada na minha avó, em Torres. Era verão de 1993. Estávamos só nós em casa naquele fim de tarde. Ela, com a autoridade de seus mais de oitenta anos, chamou a moça que trabalhava pra ela, a Zaimara, abriu a carteira, tirou uma nota de dez reais e pediu: vai lá no Bazar Praiano e me traz uma revista *Caras*, por favor.
– Revista o quê?
– *Caras*. É o primeiro número.
Minha avó, muito antenada, sabia que uma nova revista estava estreando no mercado. Uma revista que trazia apenas notícias de celebridades, e quis conferir. Eu já conhecia as versões latino-americanas e não me empolguei muito. Quando a Zaimara voltou com a revista (já lida de cabo a rabo), minha avó folheou uma página, outra página, mais uma, e sentenciou: "O que eu pensei. Porcaria".
Tarde da noite levantei para pegar um copo d'água e vi luz embaixo da porta do quarto da minha avó. Como não havia televisão ali dentro, e muito menos um marido, concluí que ela estaria dando uma segunda e longa espiada na porcaria. Quem resiste?
O lançamento da revista *Caras* foi um divisor de águas. Competente em mostrar o dia a dia (e a noite adentro) de qualquer pessoa que tenha tido seus quinze minutos de holofote, a revista sedimentou a profissão dos paparazzo e modificou a relação do público com seus ídolos. Se antes alguém era reconhecido por seu talento

em atuar, cantar ou desfilar, agora era reconhecido pelo número de separações, pelo tamanho do biquíni e pelas viagens a castelos onde se janta em traje de gala e se faz piqueniques usando duas camadas de maquiagem. Nunca a cafonice foi tratada com tanto glamour.

Não desprezo a revista, na qual já apareci uma ou duas vezes – nunca tomando champanhe dentro da banheira e tampouco deitada sobre um tapete de zebra vestindo um longo de cetim vermelho, digo em minha defesa. Escritora aparece no máximo com uma xícara de café em frente ao computador.

O que acontece é que depois da *Caras* veio a *Quem* e tantas outras, e também alguns programas de tevê especializados em fofoca, e de repente a banalização da privacidade ganhou um espaço sem precedentes. Celebridade, que podia ser uma palavra definidora de alguém notável, passou a designar qualquer um. E qualquer um fazendo revelações constrangedoras e vulgares, desfrutando de uma fama meteórica e provocando um deslumbramento patético nos simples mortais. Aquela ali é a Ariadna? É a Geisy? Uma é a transexual que ficou uma semana na casa do Big Brother, a outra foi discriminada por usar minissaia na faculdade, é o currículo profissional delas. Causam o mesmo alvoroço que Demi Moore e Ashton Kutcher, que por sua vez causam o mesmo frisson que o pai do Michael Jackson, que é tão famoso quanto o blogueiro que surgiu ontem no YouTube. Se Lúcifer saísse do inferno para dar uma banda por aqui, teria mesa cativa no Fasano.

Ao perdermos os critérios de quem realmente merece destaque, só o que se destaca é nossa pobreza cultural.

2 de fevereiro de 2011

Intoxicados pelo eu

Outro dia acordei com uma espécie de ressaca existencial, sentindo necessidade de me desintoxicar, e era óbvio que o alívio não viria com um simples gole de Coca-Cola. Precisava, antes de tudo, descobrir o que é que estava me pesando, e logo percebi que não era excesso de álcool, nem de cigarros, nem de noitadas, os bodes expiatórios clássicos do mal-estar, e sim excesso de mim.

Desconfio que já tenha acontecido com você também: de vez em quando, sentir os efeitos da overdose da própria presença. Desde que nascemos, somos condenados a um convívio inescapável com a gente mesmo. Quando penso na quantidade de tempo que estou presa a essa relação, fico pasma de como consegui suportar tamanho grude. Eu e eu, dia e noite, no único relacionamento que é verdadeiramente pra sempre.

Ando escutando uma banda uruguaia chamada *Cuarteto de Nos*, cujas canções possuem letras divertidas e sarcásticas, entre elas, "Me amo", uma crítica bem-humorada a essa era narcisista que estamos vivendo. O personagem da música não ouve ninguém e não consegue imaginar como seria o mundo sem a sua presença. Ele tem muitas garotas, porém nenhuma é digna dele. Está muito bem acompanhado a sós. "Soy mi pareja perfecta."

Intoxicação talvez seja isso: considerarmos que somos um par. Só que no meu caso, sou um par em conflito. Um eu que deseja fugir e outro eu que deseja ficar. Um eu que sofre e outro eu que disfarça. Um eu que pensa de uma forma e outro eu que discorda. Um eu que gosta de estar sozinho e outro eu que precisa amar. Nada de pareja perfecta, e sim caótica.

Uma relação tranquila consigo mesmo talvez passe pela conscientização de que não devemos dar tanto ouvido às nossas vozes internas e que mais vale nos reconhecermos ímpares e imperfeitos por natureza. A vida só se tornará mais leve e divertida se pararmos de nos autoconsumir com tanta ganância e darmos uma olhadinha para fora. A gente perde muito tempo pensando na nossa imagem, no nosso futuro, nos nossos problemas, nas nossas vitórias, no nosso umbigo. Até que um dia acordamos asfixiados, enjoados, sem ânimo e sem paciência para continuar sustentando a pose, correspondendo às expectativas, buscando metas irreais, vivendo de frente para o espelho e de costas para o mundo.

É a era do egocentrismo, somos vítimas de um encantamento por nós mesmos, mas, como toda relação, essa também desgasta. Fazer o quê? Esquecer um pouco de quem se é, esquecer da primeira pessoa do singular, das nossas existências isoladas, e pensar mais no que representamos todos juntos. Ando cansada de tantos eus, inclusive do meu.

20 de fevereiro de 2011

O dono do livro

Escutei outro dia um fato engraçado contado pelo escritor moçambicano Mia Couto. Ele disse que certa vez chegou em casa no fim do dia, já havia anoitecido, quando um garoto humilde de 16 anos o esperava sentado no muro. O garoto estava com um dos braços para trás, o que perturbou o escritor, que imaginou que pudesse ser assaltado. Mas logo o menino mostrou o que tinha em mãos: um livro do próprio Mia Couto. "Esse livro é seu?", perguntou o menino. "Sim", respondeu o escritor. "Vim devolver." O garoto explicou que horas antes estava na rua quando viu uma moça com aquele livro nas mãos, cuja capa trazia a foto do autor. O garoto reconheceu Mia Couto pelas fotos que já havia visto em jornais. Então perguntou para a moça: "Esse livro é do Mia Couto?". Ela respondeu: "É". E o garoto mais que ligeiro tirou o livro das mãos dela e correu para a casa do escritor para fazer a boa ação de devolver a obra ao verdadeiro dono.

    Uma história assim pode acontecer em qualquer país habitado por pessoas que ainda não estejam familiarizadas com livros – aqui no Brasil, inclusive. De quem é o livro? A resposta não é a mesma de quando se pergunta quem *escreveu* o livro. O autor é quem escreve, mas o livro é de quem lê, e isso de uma forma muito mais abrangente do que o conceito de propriedade privada. O livro é de quem lê, mesmo quando foi retirado de uma biblioteca, mesmo que seja emprestado, mesmo que tenha sido encontrado num banco de praça. O livro é de quem tem acesso às suas páginas e através delas consegue imaginar os personagens, os cenários, a voz e o jeito com que se movimentam. São do leitor as sensações provocadas, a tristeza, a euforia, o medo, o espanto, tudo o que é transmitido pelo autor, mas que reflete em quem lê de uma forma muito pessoal. É do leitor o prazer. É do leitor a identificação. É do leitor o aprendizado. É do leitor o livro.

Dias atrás gravei um depoimento para o rádio em que falo aos leitores exatamente isso: os meus livros são os seus livros. E são, de fato. Não existe livro sem leitor. Não existe. É um objeto fantasma que não serve pra nada.

Aquele garoto de Moçambique não vê assim. Para ele, o livro é de quem traz o nome estampado na capa, como se isso sinalizasse o direito de posse. Não tem ideia de como se dá o processo todo, possivelmente nunca entrou numa livraria, nem sabe o que significa tiragem. Mas, em seu desengano, teve a gentileza de tentar colocar as coisas em seu devido lugar, mesmo que para isso tenha roubado o livro de uma garota sem perceber. Ela era a dona do livro. E deve ter ficado estupefata. Um fã do Mia Couto afanou seu exemplar. Não levou o celular, a carteira, só quis o livro. Um danado de um amante da literatura, deve ter pensado ela. Assim são as histórias escritas também pela vida, interpretadas a seu modo por cada um.

6 de novembro de 2011

IMPRESSÃO:

Pallotti

Santa Maria - RS - Fone/Fax: (55) 3220.4500
www.pallotti.com.br